D0629482

Les mille vies
de Léon Camet

Collection dirigée par
Christian Poslaniec
et animée par Patricia Fourgeaud

© Éditions Milan, 1992
pour le texte et l'illustration
ISBN : 2-86726-778.1

Robert Boudet

Les mille vies
de Léon Camet

Illustrations de
Philippe-Henri Turin

Milan

Les mille vies de Léon Camet est le treizième livre pour enfants de **Robert Boudet.** Les deux derniers parus sont *Mon prof est un espion* (Casterman), et *Objectif Terre!* (Milan), Prix Livre d'Or, 1991. Il a aussi beaucoup écrit pour le théâtre, entre autres des sketches pour la télé, une pièce pour la radio. Il aime Dame Poésie avec qui il a eu quelques enfants. Dans le collège où il enseigne, il monte des aventures théâtrales et poétiques avec des jeunes.

Aux éditions Milan, dans la même collection, il a aussi publié *Du rififi dans les poireaux,* un polar écologique.

Philippe-Henri Turin est né à Lyon en 1963, un 15 août, jour de fête et de repos ; ce qui, selon ses dires, ne le prédestinait pas au métier, harassant mais passionnant, d'illustrateur.
Après des études secondaires réussies, il a plongé avec délectation dans les eaux troubles des écoles d'art : Beaux-Arts de Lyon, écoles privées dont « Émile Cohl ». Outre des professeurs parfois extraordinaires, il y a rencontré des gens animés d'une même passion pour le dessin. Il en a gardé un émerveillement que nous retrouvons dans ses superbes illustrations.

1

Léon Camet a un problème. Il est mal dans sa peau. Pourtant, sa peau n'est pas mal. Elle est fraîche, rose aux joues, un peu piquante au menton à cause de la barbe. La peau de Léon enveloppe un corps d'un mètre quatre-vingts, avec une tête souriante, des cheveux bruns un peu fous. Dans cette tête, il y a un cerveau riche en idées, des étincelles de génie et une ribambelle de couleurs pour les toiles.

Léon Camet est peintre. Ses tableaux plaisent beaucoup grâce aux couleurs justement, si appétissantes qu'elles mettent l'eau à la bouche. Dans son cerveau, il y a aussi des pensées douces pour sa petite nièce Lola qui a neuf ans, presque toutes ses dents et des rires de trompette. Pour son chat, Belzébuth, un matou costaud comme un tigre et doux comme un agneau. Pour sa vieille maman qui vit dans le Midi à cause de ses bronches fragiles. Pour ses voisins, des musiciens de jazz qui répètent jusqu'à trois heures du matin, mais Léon aime la musique, même à trois heures du matin. Bref, Léon a un cœur gros comme ça. Et même plus encore. Il serait trop long d'énumérer les pensées douces qui habitent ce grand bonhomme de trente ans qu'on appelle dans le quartier « l'artisse ».

Eh bien, malgré toutes ces gâteries de la vie, le peintre n'est pas heureux. Il y a quelque chose qui le gêne, quelque chose qui lui tombe dessus, sans prévenir, comme une giboulée de mars dans un grand ciel bleu. Dans ces moments-là, il ne se sent plus dans sa peau. Il a l'impression étrange qu'un AUTRE a pris sa place. Pourtant, son apparence reste la même. Il fait toujours un mètre quatre-vingts, avec ses cheveux bruns et son menton mal rasé. Il s'appelle toujours Léon Camet et tout le monde le reconnaît. Mais, c'est à l'intérieur de lui que ça ne va plus. Il est comme une bouteille dont on aurait changé le contenu en conservant l'étiquette.

Bref, il ne se sent plus *lui-même*. Oh ! ça ne dure pas très longtemps. Parfois une fraction de seconde — clac ! comme un éclair —, parfois quelques minutes, jamais plus d'une heure. Mais quelle terrible situation de sentir son corps, son cœur et son esprit HABITÉS par un autre !

Il est allé voir un médecin.

Celui-ci l'a examiné sous toutes les coutures. Il l'a palpé, tâté, mesuré, pesé, testé. Il lui a fait tirer la langue, écarquiller les yeux, plier les genoux. Il a compté ses globules rouges, ses globules blancs et ses battements cardiaques. Il a photographié ses poumons, son foie, sa rate, ses intestins et même son cerveau. Il lui a mis des trucs en métal dans la gorge, dans le nez, dans les oreilles et même dans... oui ! S'il avait pu le démonter pièce par pièce, il l'aurait fait, le bon médecin ! Enfin, au bord de la crise de nerfs, il a soupiré :

— Monsieur Camet, vous n'avez RIEN !

Léon a compris que le médecin était très mécontent de n'avoir rien trouvé. Comme il ne voulait pas lui faire de peine, il a avoué qu'il ne pouvait jamais s'endormir avant trois heures du matin.

Le docteur a poussé un rugissement de triomphe :

— Je m'en doutais ! Puis il a ajouté : Prenez ces pilules pour dormir, avalez ces cachets pour vous réveiller, absorbez ce sirop pour manger, ingurgitez ces gélules pour maigrir. Trois fois par jour pendant un mois. C'est deux cent cinquante francs. Au revoir !

Léon est retourné à l'atelier, la mine défaite. Lola l'attendait. Elle lui a sauté au cou et lui a déposé trois bisous-chewing-gum sur les joues. Léon l'a repoussée gentiment. Il aime bien les bisous mais sans chewing-gum. La petite fille l'a regardé gravement :

— Qu'est-ce que t'as ? T'es tout gris !

Le peintre a vérifié sa tête dans la glace.

— Tu as raison. Je viens de chez le médecin.

— Il t'a fait une piqûre ?

— Non.

— Il t'a mis un suppositoire ?

— Non.

— Il t'a enfoncé une cuillère dans la gorge ?

— Non.

— Ben alors... il t'a rien fait ?

Comment expliquer à Lola ce qui lui arrive ?

D'ailleurs, la petite fille pense déjà à autre chose. Elle a apporté un ruban pour pomponner Belzébuth et elle se jette à quatre pattes afin d'aller chercher le chat qui s'est réfugié sous un fauteuil. Belzébuth déteste qu'on l'attife comme une poupée. La dernière fois, Lola avait voulu lui faire une permanente. Il avait échappé de justesse aux bigoudis.

Tout en appelant le matou de sa voix la plus sucrée, la petite fille annonce :

— Maman t'invite à dîner, ce soir. Il y aura du rôti de veau et des asperges. Tiens, tu as commencé un autre tableau ?

Juste sous la grande verrière de l'atelier, inondée de lumière, une toile posée sur un chevalet montre trois taches de couleur éclatantes comme des soleils d'été.

Lola oublie le chat. Elle se plante devant la toile, les mains croisées dans le dos, dodeline de la tête.

— Tu sais quoi !... On dirait des citrouilles !

Le peintre sourit. Les jugements de sa nièce sur ses œuvres sont toujours inattendus.

— C'est peut-être pour Cendrillon ? dit-il.

— Trois citrouilles ?... Ben dis donc, ça lui fera trois carrosses. Qu'est-ce qu'elle fera des deux autres ?... Je peux ?

Elle n'attend pas la permission. Déjà, elle s'est emparée de la palette encore fraîche et d'un coup de pinceau rapide, elle prolonge chaque tache d'une courbe légère.

— Tu sais quoi ?... Maintenant, c'est plus des citrouilles, c'est des cerises géantes.

Le peintre soupire. Quand Lola vient le

voir, c'est toujours pareil. Elle fouine partout, elle dérange tout. Elle bouscule les
dessins, elle grimpe sur les étagères, elle
mélange les peintures. Un ouragan! Mais
Léon ne dit rien parce qu'il aime ses fous
rires, ses questions, ses espiègleries et ses
bras menus autour de son cou.

Il regarde la petite fille virevolter dans la
pièce. Elle chantonne un tube à la mode dans
un anglais très spécial. À moins que ce ne soit
du chinois. Elle ouvre les cartons, sort un
dessin, fait la moue, souffle dans son chewing-gum dont les bulles éclatent bruyamment. Puis elle tire sur les fils gluants qu'elle
enroule autour d'un doigt pour les enfourner
de nouveau dans sa bouche. Elle s'arrête
devant le vieux frigo bancal, sort une bouteille de Coca et s'installe en tailleur sur un
pouf avachi. Belzébuth, qui s'était camouflé
sous un paquet de toiles posées contre un
mur, se risque à sortir. Mais déjà, Lola a
oublié le ruban qu'elle lui destinait.

— T'as toujours pas d'ouvre-bouteilles!...
dit-elle sur un ton fataliste.

Le peintre fait sauter la capsule d'un coup
sec sur la poignée du frigo.

— Et voilà, t'en fiches la moitié par terre!

Au moins, achète des boîtes avec des languettes. C'est pratique, les languettes !...

Elle porte le goulot à ses lèvres et cligne des yeux d'un air gourmand.

— Écoute, Lola... Je suis très ennuyé... commence Léon qui s'est assis en face d'elle mais n'ose pas la regarder.

— T'as fait des bêtises ?

— Non...

— T'as peur de quelque chose ?...

— Euh... oui, c'est un peu ça...

La bouche de Lola s'ouvre largement, montrant ses deux grandes dents de lapin.

— C'est pas grave. Maman t'expliquera que la peur c'est comme une sirène de pompiers, sauf qu'il y a pas le feu. Tu comprends ?

Léon se gratte la tête. Il a envie de parler mais il ne sait comment s'y prendre.

— Remarque, des fois, il y a quand même le feu. Faut savoir dis-tin-guer... c'est ce que dit maman... Par exemple, si tu te trouves devant un lion qu'a pas mangé depuis huit jours, c'est pas comme quand tu fermes la lumière de la chambre pour dormir et qu'il y a tout le noir autour. Moi, je sais dis-tin-guer parce qu'il y a pas de lion dans ma chambre. Enfin... je crois pas... Dans ton atelier non plus, il y a pas de lion, ni de mygale, ni de serpent minute... et Belzébuth, c'est pas un tigre ?

La petite fille reprend son souffle pour avaler une nouvelle gorgée. Léon en profite pour dire :

— Lola, comment te sens-tu en dedans ?

Elle pousse son rire de trompette.

— En ce moment, ça fait des gargouillis à cause des bulles de Coca...

— Non... je veux dire, dans tes pensées... quand tu penses...

— Ça dépend... Des fois, c'est tout pluvieux et froid, c'est quand j'ai envie de pleurer. D'autres fois, c'est plein de couleurs comme ici...

— Oui, Lola, mais quand tu penses, est-ce que tu penses que c'est toi qui penses ?

La petite fille plisse le front.

— Oh là là ! c'est trop dur pour moi... Tu veux pas trier tout ça ?...

— Écoute Lola, je vais te dire un grand secret, mais jure-moi d'abord que tu le garderas pour toi, quoi qu'il arrive !

Le visage grave du peintre impressionne la petite fille. Elle pose la bouteille vide sans faire de bruit puis murmure d'une toute petite voix :

— C'est un secret à la vie à la mort ?

— Peut-être...

— Alors, je jure que je le dirai à personne, même pas à ma meilleure copine Barbara Prévost, même pas à mon oreiller. Ça te va ?

Elle tend la main à Léon, paume ouverte. Il la fait claquer contre la sienne.

— Je sais que toi, tu peux comprendre parce que tu es une enfant et que les enfants comprennent parfois ce que les grandes personnes ne veulent pas comprendre.

— Je comprends ! dit Lola pour ne pas contrarier son oncle.

Le peintre se lève. Il prend son carnet de croquis et dessine la silhouette d'un homme.

— C'est toi ! s'exclame la petite fille.

Puis il trace le portrait d'un autre personnage à l'intérieur du premier.

— Pourquoi sa tête est vide à celui-là et pourquoi il est dans toi ?

— C'est ça, le secret... Parfois, Lola, j'ai l'impression qu'il y a quelqu'un d'autre en moi.

Lola se penche vers Léon.

— Parle tout bas, Belzébuth pourrait t'entendre.

Collant sa bouche à l'oreille du peintre, elle poursuit :

— Et qui c'est ce quelqu'un ? Un fantôme ?

— Non, Lola, c'est n'importe qui. La concierge, le laitier, l'agent de police, le garçon de café et même le présentateur de la télé.

— Oh !... tout ce monde-là ?

— Oui... mais l'un après l'autre... Heureusement, ils ne restent pas longtemps. Je les entends penser, je pense comme eux, je parle comme eux et puis... hop, ils s'évaporent...

Lola fronce les sourcils, regarde autour d'elle d'un air méfiant.

— Ils ne se cachent pas dans ton atelier ?... ou dans ton lit, la nuit pour envahir tes rêves... Tu sais, moi, ça m'arrive souvent de retrouver des gens que je connais dans mes rêves...

— Ce n'est pas un rêve, ma chérie, c'est pour de vrai... Tu ne diras rien, sinon, on me prendrait pour un dingue...

— J'ai juré ! réplique la petite fille vexée.

À cet instant, la sonnerie de la porte d'entrée retentit. Léon va ouvrir. C'est le facteur. Un gros moustachu jovial qui a toujours le mot pour rire.

— 'jour, m'sieur Camet, un recommandé... Vous signez là !

Léon signe, prend la lettre, le facteur lance :

— Avec vous, on doit en voir de toutes les couleurs...

Le peintre esquisse un sourire et referme la porte sur le facteur qui glousse de son bon mot.

Quand il se retourne vers Lola, il y a une drôle d'expression dans les yeux de Léon. La petite fille l'entend dire :

« *J'ai mal aux jambes. Avec ce bon sang d'escalier et ces cinq étages, je vais m'attraper des varices... Pourrait pas faire installer l'ascenseur, ce barbouilleux !... La prochaine fois, je monte pas...* »

Lola s'écrie :

— Léon ! tu parles comme le facteur !

Le peintre se frotte les yeux.

— Tu vois, dit-il avec sa voix redevenue normale, je ne t'ai pas menti !

2

— Encore des asperges, Léon?
— Non, merci...

Juliette, la sœur de Léon, une petite bonne femme ronde et rigolote, n'en revient pas. Comment! son frère qui se ferait damner pour des asperges refuse d'en reprendre! Voilà qui n'est pas normal! D'ailleurs, elle le trouve bien bizarre, son Léon. Il n'a pas ouvert la bouche depuis le début du repas, lui qui est si bavard d'habitude. Il chipote la nourriture du bout de la fourchette avec une moue presque dégoûtée et triture sa serviette dans tous les sens. Non, décidément, ça ne va pas... De plus, Lola qui ne manque pas une occasion de taquiner son oncle pique du nez dans son assiette comme si elle était gênée par quelque chose. Même Gérard, le mari de Juliette, a essayé en vain de faire partager à Léon son enthousiasme pour la dernière victoire de l'équipe de France de foot. Pourtant, c'est un de leurs sujets favoris de discussion. Jusqu'au point d'excéder Juliette et Lola pour qui les subtilités du ballon rond s'apparentent à un ballet absurde. Ce soir, la mère de Lola n'a pas eu besoin de taper sur la table pour demander aux « hommes » de changer de conversation. Gérard a monologué un moment sur Papin, Boli et Cantona. Puis, devant le mutisme prolongé de son beau-frère, il s'est vengé sur le rôti de veau dont il a avalé trois grosses tranches sans respirer.

— Ça ne va pas ?

C'est la troisième fois que Juliette pose la question à son frère. Il faut que Lola lui grimpe sur les genoux pour que le peintre consente à retrouver un semblant de sérénité.

— Euh... si... si...

Sa voix est bizarre, un peu haut perchée.

— Toi, tu couves la grippe, fait sa sœur en lui posant la main sur le front. Je t'ai déjà dit que ton atelier n'était pas assez chauffé.

Attends, je vais te faire un bon grog et tu rentreras te mettre au lit...

Juliette retrouve instinctivement ses gestes de mère comme elle l'a souvent fait quand ils étaient enfants et qu'elle s'occupait de ce petit frère un peu rêveur, un peu fragile. Pendant qu'elle va farfouiller à la cuisine, Lola plonge ses yeux dans ceux de son oncle et, profitant de ce que Gérard est absorbé par la télé, elle murmure :

— Ça t'a repris ?

— Oui... soupire le peintre. Mais cette fois, c'est plus grave, ça se prolonge et il y a un danger quelque part...

— Quelle sorte de danger ? Un danger de... lion ?

— Peut-être ! Je ne comprends pas bien encore, mais il faut que j'y aille...

La petite fille colle son oreille contre la poitrine de Léon.

— Qu'est-ce que tu fais ?

— J'essaie d'écouter... « l'autre »... Tu sais quoi ?... avec la voix que tu as, on dirait une femme... Elle cause mais on comprend pas bien...

Le peintre sursaute :

— Lola, j'y suis... Maintenant, je me souviens... En venant ici, j'ai croisé une brune aux grands yeux tristes. Elle m'a regardé. Ça m'a fait comme une brûlure. J'ai détourné la tête. Je suis sûr qu'elle voulait me dire quelque chose, quelque chose de très grave... mon Dieu...

Lola sent soudain Léon trembler comme s'il était saisi d'une fièvre brutale. Il réussit à balbutier :

— Elle ne me parle pas... mais elle pense... c'est tout au fond... très profond...

Juliette revient à cet instant, portant un grand verre fumant de rhum à la cannelle. Elle reste figée sur place, la bouche grande ouverte. Son frère vient de se lever comme un fou, il se rue vers la porte, l'ouvre brusquement et dévale l'escalier quatre à quatre... Lola le suit en criant :

— Attends-moi !

Gérard rattrape sa fille par le bout de la jupe. Elle se débat, pousse des cris incohérents. Juliette doit lui donner un calmant. Quelques minutes plus tard, elle sombrera enfin dans le sommeil après avoir répété plusieurs fois :

— Un gros danger, plus gros qu'un lion... faut dis-tin-guer...

Pendant ce temps, Gérard entame un marathon à travers la ville. Il s'adresse aux

passants, interroge les commerçants, s'informe auprès des promeneurs de toutous. Rien. Personne n'a vu passer un grand gaillard mal rasé, aux cheveux bruns en broussaille.

Une vieille dame inquiète s'exclame :

— C'est un voleur ?

Gérard ne s'attarde pas... Arrivé au carrefour, le découragement le saisit. Comment Léon a-t-il pu disparaître aussi vite ? Il n'a pas pris le métro, on l'aurait repéré. Un taxi ? Il a laissé sa veste et ses papiers et son argent à la maison.

Bon, se dit le papa de Lola, *il n'y a plus qu'une chose à faire... Prévenir la police...* Puis un doute le saisit... *Mais qu'est-ce que je vais leur raconter ? Que mon beau-frère est devenu fou ?...*

C'est en revenant dans son immeuble qu'il comprend tout. Le gardien l'attrape par la manche en le secouant comme un prunier :

— Eh ! dites donc monsieur Cordier... Faudra dire à votre beau-frère que la cour de l'immeuble c'est pas le Bol d'Or... Avec votre moto, il m'a renversé trois poubelles et a failli écraser mon chien...

La moto ! Léon a pris la moto ! Mais... il n'a jamais conduit de moto ! Il déteste cet engin... Gérard bredouille des excuses et grimpe l'escalier en trombe. Il trouve Juliette en larmes, morte d'inquiétude, et lui annonce la nouvelle. Les joues rondes de sa femme virent au violet.

— Mais... Pourquoi il fait ça ?

— Réveille Lola, je suis sûr qu'elle sait

quelque chose. Son attitude pendant le repas m'a intrigué...

— Elle dort, Lola, comme une souche...

Gérard baisse les bras en signe de résignation.

— Alors, il n'y a plus qu'à attendre...

— Attendre... attendre... tu en as de bonnes... s'indigne la petite femme... Et s'il a un accident, s'il se...

Elle n'ose pas prononcer le mot fatidique. Gérard la prend dans ses bras.

— Allons, allons, calme-toi, ton frère n'est pas fou... Il a sûrement de bonnes raisons pour agir comme ça... Il nous expliquera... Tu sais, les artistes ne sont pas des gens comme nous... c'est bien toi qui me l'as dit...

Pendant que le papa et la maman de Lola essaient de se rassurer, Léon, poussé par une force irrésistible, file de rue en rue, arc-bouté sur la moto qu'il a du mal à maîtriser. Plusieurs fois, il a failli déraper. Il a même heurté un trottoir et grillé un feu rouge. Mais rien ne peut l'arrêter. Il y a quelqu'un en lui. Quelqu'un qui pleure silencieusement, quelqu'un qui pénètre dans une salle de bains, qui ouvre l'armoire à pharmacie, quelqu'un qui vide une boîte de pilules multicolores

dans un verre à dents. Ce quelqu'un, il le voit
nettement. C'est une jeune femme aux cheveux bruns très courts. Elle a perdu le
sourire. Son cœur est plein de brume. Elle
avale une pilule, puis une autre, puis une
autre encore. Très lentement, très méthodiquement. Et Léon, couché sur sa moto qui se
cabre, sait que chacune de ces pilules la
rapproche du dernier chemin, celui dont on
ne revient jamais...

Brusquement, sa roue arrière chasse sous
lui. Le peintre a juste le temps de sauter.
L'engin tourne sur lui-même puis, après
quelques hoquets, s'immobilise dans un
spasme de fumée âcre. Mais Léon, en se
relevant, malgré son genou un peu endolori,
sourit. Il est arrivé à destination. Il ouvre la
porte de l'immeuble, parcourt rapidement les
étiquettes des boîtes aux lettres ; s'arrête sur
un nom : Émily Durand, 3ᵉ ét. G. Après un
dernier sprint, il atteint une porte, au fond
d'un couloir obscur. Il tambourine sur le
battant en bois. N'obtenant pas de réponse, il
se met à hurler :

— Émily, ouvrez-moi !

Au-dedans de lui, il sent que la jeune
femme brune est en train de s'évaporer, peu à
peu. Mais ce n'est pas comme les autres fois.

C'est comme si elle se noyait en lui pour toujours.

Les voisins, alertés par le bruit et la chute de la moto, apparaissent. Léon leur explique la situation. Il se fait passer pour un ami d'Émily. On va chercher un pied-de-biche. On fait sauter la serrure. La jeune femme a commencé son voyage au pays des ombres. Le verre a roulé par terre et s'est brisé en mille éclats. Elle est allongée contre la baignoire et des pilules de toutes les couleurs s'échappent de sa main serrée.

Un voisin s'écrie :

— Elle respire encore !

Déjà, Police-Secours a été alertée. Une mémé soutient Léon pourtant deux fois plus grand qu'elle :

— Allons, mon bon monsieur... On va la sauver votre petite amie, vous en faites pas... Vous savez, j'en ai vu d'autres, moi, et des bien pire... Venez que je vous donne une bonne goutte. Ça vous remontera. C'est mon défunt mari qui l'avait fabriquée lui-même. Le pauvre, il en a pas profité jusqu'au bout...

Léon sent qu'on l'entraîne. Il croise au passage les ambulanciers. Il entend vaguement un médecin dire :

— C'est bon… Elle s'en tirera… Il s'en est
fallu de peu…

Un gamin lance au peintre à moitié inconscient :

— C'est grâce à vot' moto, m'sieur… Une
Kawa 750… Une fusée c't' engin… V's' en
faites pas, avec des copains, on l'a mise à
l'abri…

La sonnerie du téléphone fait bondir
Gérard et Juliette. Ils se ruent sur le combiné
comme des affamés. C'est la voix de Léon. Il
explique tout, tranquillement, sans omettre
un détail. Sauf l'essentiel : il ne dit pas
comment il a été prévenu du drame qui se
préparait.

— Quand même ! le gronde sa sœur qui a
retrouvé ses bonnes joues roses, tu aurais pu
nous dire que tu avais une petite amie…

Léon s'excuse, c'est tout juste s'il ne

promet pas de ne plus recommencer. Puis, après leur avoir donné rendez-vous au lendemain, il raccroche.

Gérard se tourne alors vers sa femme :

— Bravo, ton frère ! Je ne sais pas ce qu'il a fait à cette pauvre fille mais pour qu'elle en vienne à cette dernière extrémité... Tu ne m'avais pas dit que Léon était un bourreau des cœurs !

Juliette est toute songeuse :

— Je ne le savais pas non plus. C'est un garçon si doux, si tendre... Il ne ferait pas de mal à une mouche...

— À une mouche, non... mais à une femme !

— Alors... le lion ?... il a vaincu le lion, tonton Léon ?...

C'est la petite Lola qui vient de parler. Elle titube, pieds nus, dans sa chemise de nuit. Ses yeux ont du mal à s'ouvrir.

Juliette la prend dans ses bras et la berce comme un bébé.

— Oui... oui... mon petit chou... tout va bien... Il n'y a plus de lion... Léon lui a cassé toutes les dents... d'un seul coup de poing...

La fillette bredouille, la langue pâteuse :

— Eh ben, tu sais quoi... faudra lui fabriquer un dentier, au lion !...

Gérard sourit et pense à sa moto...

— Espérons qu'elle n'aura pas besoin d'un dentier, elle aussi... murmure-t-il.

3

Lola suçote distraitement la paille qui trempe dans sa menthe à l'eau.

— Tu m'écoutes? dit Léon en lui prenant la main.

— Tu sais quoi, fait la petite fille sans lui répondre, j'ai l'impression que t'es amoureux...

Le peintre se frotte le menton et ça fait un bruit de papier de verre.

— Amoureux, moi?...

Il a dû crier un peu fort car les consommateurs de la terrasse du café se retournent et jettent un coup d'œil intrigué sur ce grand type qui parle d'amour avec une petite fille.

Lola rigole doucement devant la gêne de

Léon qui le fait rougir jusqu'aux oreilles.

— Ben oui, quoi... y a pas de mal à ça !...

— Je t'ai expliqué que cette fille était choquée. Choquée, ça veut dire qu'elle a reçu un choc. Je suis allé la voir à la clinique pour prendre de ses nouvelles. Elle m'a à peine parlé. Et je suis sûr qu'elle m'a à peine regardé aussi. Mais c'est quand même normal que j'aille lui faire une petite visite. Après tout, elle a habité en moi pendant plus d'une heure... À propos, tu n'as rien dit ?...

— Pour qui tu me prends ? s'exclame Lola en passant son doigt dans le fond du verre de menthe pour en sucer les dernières gouttes. Je sais aussi bien mentir que toi, tu sais. Quand Gérard et Juliette m'ont demandé si je savais quelque chose, j'ai fait l'andouille. Je sais bien faire l'andouille...

Et pour appuyer son affirmation, Lola se tord la bouche dans tous les sens, plisse ses yeux, s'aplatit le nez. Ses grimaces provoquent le fou rire du peintre, suivi immédiatement par la petite fille.

Des consommateurs leur jettent de nouveau un regard méfiant.

Reprenant son souffle, le peintre parvient à dire :

— Arrête... on va se faire remarquer...

Lola essuie les larmes de rire qui ont envahi ses joues.

— N'empêche que tu sais pas pourquoi elle a voulu se suicider ton Émily. Pourtant, si elle est restée en toi pendant plus d'une heure, elle a bien dû te raconter des choses...

— Oui... mais c'était très flou... la solitude, la vie difficile, une grande souffrance quasi muette... soupire le peintre. Si tu avais vu comme elle était pâle sur son oreiller, avec tous ces tuyaux dans les bras !...

— Je connais... quand je me suis fait opérer des « amygales »... on m'a mis un tuyau aussi et une bouteille à l'envers... tu parles ! il paraît que c'est de l'eau salée... Ils feraient aussi bien de nous tremper directement dans la mer...

Le peintre renonce à rectifier le mot « amygale » parce qu'il est persuadé que Lola croit que ce qui lui faisait mal à la gorge, c'était une sorte d'araignée mauvaise. Après tout, ce n'est peut-être pas complètement faux.

— Bon, Lola... il ne faut pas arriver en retard à l'école...

La petite fille saute sur ses pieds comme si elle était piquée par une guêpe et s'exclame :

— Tu sais quoi, je vais rater mon rendez-vous avec Frédéric.

Elle se précipite vers le vélo garé au bord du trottoir. C'est un haut vélo noir, à la « Hollandaise » comme dit Léon. Elle enfourche le porte-bagages et appelle à grands cris son oncle qui règle l'addition.

— Dépêche-toi, je te dis, sinon Frédéric va me faire une scène de ménage !...

Sous l'œil offusqué des consommateurs, Léon jette la monnaie sur la table et démarre en catastrophe, faisant piler un camion. Il jette à peine un coup d'œil sur le conducteur furibond qui l'abreuve de tous les noms d'oiseaux et laisse le cycliste sur place, dans un nuage de fumée nauséabonde.

— Il pourrait régler sa carburation et son vocabulaire ! crie Lola accrochée au dos du peintre...

Léon serre les dents et appuie sur les pédales.

Il a l'injure au bord des lèvres contre ces maudites bagnoles qu'il affronte presque tous les jours sur son vélo. Jamais il n'a voulu acheter un de ces engins à quatre roues. Et il rêve d'un Paris fourmillant de bicyclettes, dans un silence de pneus feutrés, de cliquètements de pédaliers et de sonnettes acidulées.

Mais, pour l'instant, il est pratiquement tout seul à pratiquer ce genre de locomotion et il prend parfois un malin plaisir à faire enrager les conducteurs pressés en ne se garant pas, malgré les klaxons rageurs. La voix de sa nièce lui parvient à travers le tohu-bohu. Il comprend qu'elle lui parle de ce fameux Frédéric, un « grand » de onze ans qui lui a fait une déclaration avec une promesse de bandes dessinées pour être plus convaincant.

— Tu te rends compte, hurle la voix pointue de la fillette, un *Astérix*, un *Lucky Luke* et un *Gaston Lagaffe*... Je lui ai dit que je les lirai avant de lui dire si je l'aime... mais si j'arrive trop tard, il les aura donnés à une autre...

En amorçant un virage, Léon, la tête tordue vers l'arrière, s'écrie :

— Mais Lola, c'est malhonnête ce que tu fais... L'amour, ça ne s'achète pas !

La petite fille répond :

— Je n'achète rien, il me les donne ses bédés !

Léon freine si brutalement que la roue arrière se soulève. Lola lui plante ses ongles dans le dos pour se retenir. Heureusement, le vélo vacille mais tient bon. Ils sont à cent mètres de l'école. Lola descend, furieuse :

— Qu'est-ce qu'il t'arrive ?

Mais elle ravale aussitôt sa colère. Son oncle est devenu tout pâle. Ses yeux fixent le vide.

— Voilà que ça le reprend...

Elle ajuste son sac sur ses épaules. Au même instant, elle vient d'apercevoir Frédéric qui fait les cent pas devant le portail de l'école, un paquet d'albums sous le bras. Lola hésite. Elle voit le garçon qui s'apprête à pénétrer dans la cour.

Un automobiliste apostrophe Léon, immobile contre son vélo, au milieu de la rue.

Lola le prend par la main, le forçant à regagner le trottoir. Frédéric a disparu à l'intérieur de l'école.

— Ça recommence ? s'inquiète-t-elle devant le visage figé de son oncle.

Une voix éraillée lui répond :

« *T'occupe poupée... C'est un coup sans risque...* »

Lola égratigne la main du peintre. Il sursaute :

— Ah ! non... Tu m'as déjà labouré le dos, qu'est-ce que va penser Belzébuth ? Que je lui fais des infidélités avec une chatte ?...

Les couleurs sont revenues sur le front de Léon. Il regarde Lola.

— J'en ai un autre, là !... dit-il en se tapant la poitrine.

— C'est pas Émily ?

— Non... Un cambrioleur...

— Un cambrioleur ? Un hold-up ? Un revolver ?...

Les yeux de Lola se sont mis à briller comme si elle allait appuyer sur le bouton de la télé pour regarder *Starsky et Hutch*.

Le peintre pousse brusquement sa petite nièce par les épaules en lui ordonnant de regagner l'école dont on entend la sonnerie. Elle proteste mais il insiste. Quand il est sûr qu'elle a bien franchi le portail, il fait demi-tour, saute sur sa selle comme Zorro sur son cheval et s'arc-boute sur les pédales en répétant tout haut :

« *Un bon petit coup, poupée... L'entrepôt est en grève, le gardien a la grippe... Du tout cuit...* »

Il franchit en trombe le carrefour sous l'œil effaré de l'agent de police qui n'ose même pas le siffler, puis il s'engage dans une rue transversale aux pavés disjoints qui mène vers le canal. La sueur colle sa chemise à sa peau, réveillant les écorchures dont l'a gratifié sa petite nièce. Les immeubles s'éclaircissent. De vastes hangars leur succèdent.

L'herbe a poussé entre les pavés. Léon parvient difficilement à garder sa bécane en équilibre. Il est bientôt obligé de mettre pied à terre. Des rails coupent en long la rue. Le canal aux reflets verdâtres laisse exhaler une forte odeur de moisi.

Tout à coup, Léon s'arrête. Dans une impasse se dressent des bâtiments en tôle. Sur la porte de l'un d'eux on peut lire : « ENTREPRISE GRACHON Instruments d'optique » et un calicot en travers, flottant au vent, où s'inscrit en grosses lettres tracées à la main : FABRIQUE FERMÉE POUR CAUSE DE GRÈVE. L'impasse est déserte. Les autres bâtiments qui donnent sur celle-ci ont des murs aveugles.

« *Un coup sans risque* », se surprend à répéter Léon de sa curieuse voix éraillée.

À cet instant, un camion surgit à l'entrée de l'impasse. Léon a juste le temps de se jeter dans un renfoncement. Le camion passe en vrombissant. Le peintre le reconnaît instantanément. C'est bien celui qui a failli le renverser quand ils ont quitté le bistrot. Sans doute a-t-il fait un détour pour prendre un complice car le conducteur n'est plus seul. Sur les côtés, des pancartes désignant une

entreprise de déménagements. *Futés !* pense le peintre.

En un tournemain, un des deux hommes fait sauter la chaîne cadenassée qui ferme la porte du hangar. Pendant ce temps, l'autre effectue une manœuvre pour amener l'arrière du camion face à l'ouverture. Léon s'avance sur le pavé. Les deux hommes sont trop occupés à transporter des caisses pour faire attention à lui. Il se glisse à l'intérieur de la cabine. Les cambrioleurs ont laissé le moteur tourner. *Organisés !* pense Léon. Un instant, l'envie le prend de subtiliser l'engin au nez et à la barbe des malfrats. Mais il se ressaisit. Ils n'apprécieraient sûrement pas cette blague. De plus, le peintre se rappelle qu'il ne sait pas conduire et un camion, ce doit être moins simple qu'une moto. Tout en restant à demi allongé sur la banquette, il ouvre la boîte à gants. Espère-t-il y trouver un document compromettant, des papiers ? Grâce au rétroviseur latéral, il peut suivre les allées et venues des « déménageurs ». Décidément, il n'y a rien dans la boîte à gants. *Qu'est-ce que je vais faire ?* se dit alors le peintre. Il jette un coup d'œil dans le rétroviseur. Il y a encore pas mal de caisses à l'intérieur du hangar. Même s'ils ne peuvent pas vider l'entrepôt, ils vont sûrement essayer d'en emporter le maximum. Or, le camion n'est qu'à moitié plein. Aussitôt, une idée traverse l'esprit du peintre. Flagrant délit. Il doit bien y avoir un poste de police à proximité. Il va donner l'alarme.

Il descend de la cabine, se glisse le long du mur, courbé en deux, et fonce vers son vélo.

À cet instant, une voix éraillée le cloue sur place :

— Eh ! là-bas... on ne bouge plus !

Léon se retrouve un pied en l'air dans l'attitude d'une cigogne hésitante. Déjà les deux hommes sont sur lui.

— Qu'est-ce que tu fais là ? interroge l'homme à la voix éraillée.

— Ben... ben rien... je passais voir si...

Le peintre sent vaciller une drôle de lueur dans les yeux de l'autre malfaiteur. Pourtant, ils n'ont rien dans les mains, ni revolver, ni couteau...

— ... ma cousine travaille ici, je ne savais pas que c'était en grève et qu'on déménageait...

Les lèvres de Léon sont toutes sèches.

— Ta cousine, elle a bonne mine... reprend la voix éraillée. Tu t'es dit, en passant, tiens, y a peut-être un p'tit truc à grappiller dans ce bâtiment, des fois qu'ils auraient laissé la porte ouverte... hein coco...

Ça alors! se dit Léon, *voilà qu'ils me traitent de voleur maintenant. C'est un comble!*

— Mais puisque je vous dis...

— Te fatigue pas, bonhomme... Tu vas nous suivre au poste de police, tu leur expliqueras que tu venais voir ta cousine, d'accord?...

Le peintre pâlit:

— Ça va pas, non... c'est vous qui...

— C'est vous qui quoi? fait l'autre malfaiteur en fixant durement Léon dans les yeux.

— Euh... rien...

— Bon... assez rigolé, barre-toi... et laisse-nous travailler, traîne-savates..., ajoute la voix éraillée.

Léon ne se le fait pas dire deux fois. Il retrouve son vélo et quitte l'impasse en trois tours de roue. Il est si troublé qu'il parle tout seul:

— Et si je m'étais trompé... J'ai peut-être mal compris ce que disait la voix en moi...

Un malaise le saisit. Il doit s'arrêter pour ne pas tomber. Il y a de nouveau quelqu'un en lui. Quelqu'un qui a fait son entrée, sans prévenir, comme tous les autres. Cette fois, ce n'est pas la voix éraillée qu'il entend dans son for intérieur. Mais il la reconnaît. C'est celle de l'autre homme, celui au regard dur.

« *On lui a bien fichu la trouille, hein, Roger ! C'était le meilleur moyen. Qu'est-ce qu'on aurait fait de lui si on l'avait kidnappé !... Avec la tête qu'il a, je le vois pas fréquenter les poulets...* »

La voix se perd dans le brouillard. Léon recouvre peu à peu ses esprits. Comme il s'est assis sur le bord du trottoir, il aperçoit le bas de pantalon d'un uniforme.

— Alors, mon vieux, ça ne va pas ?

— Ça va très bien, monsieur l'agent... mais là-bas, dans l'impasse, j'ai l'impression qu'il se passe de drôles de choses...

4

Le peintre recule, l'œil mi-clos, laissant entrer au fond de lui les vibrations de couleurs qui montent de la toile. Le paysage incendié qui, peu à peu, grignote le blanc, mêle violence et tendresse. On y voit des vagues buvant le ciel, des montagnes écroulées, des grottes où dansent des arbres roux.

Lola, après avoir contemplé un moment le tableau en gestation, a eu cette parole définitive :

— Tu sais quoi, on dirait les grimaces de l'enfer.

Puis elle a ajouté en faisant claquer son chewing-gum :

— Mais c'est beau comme un gâteau à l'orange...

Léon a conscience que ses troubles actuels débordent sur son œuvre. La sérénité de ses précédents tableaux, leur harmonie rassurante, se sont laissé gagner clandestinement par ses propres inquiétudes.

Il trempe ses pinceaux dans l'essence de térébenthine puis les essuie méthodiquement, avec un chiffon.

La petite fille, après avoir fait son travail de classe, s'est installée devant une feuille et un Coca.

— Qu'est-ce que tu dessines ? demande Léon en regardant l'heure.

— Un hold-up manqué... marmonne Lola, un crayon entre les dents.

Elle montre son dessin au peintre :

— C'est bien comme ça que ça s'est passé ?

Sur la feuille, elle a tracé approximativement une rue et des immeubles. Un gros camion barre la moitié du dessin. Deux hommes masqués lèvent les bras, menacés par une vingtaine de gendarmes, mitraillette au poing. Elle est en train de finir le portrait d'un gendarme, allongé sur le trottoir, une tache rouge au côté.

Léon sourit :

— C'est un peu exagéré mais l'idée est bonne.

— Ils sont un peu idiots de t'avoir laissé partir ! T'étais un témoin compromettant. Normalement, ils auraient dû te descendre ! commente la petite fille, froidement.

Le peintre sursaute :

— Merci pour moi... un cambriolage, tu sais, Lola, ça ne se passe pas toujours comme au cinéma... Heureusement ! Et puis, ce qui les a trompés, c'est qu'ils m'ont pris pour un clodo... avec mon menton mal rasé...

Lola sourit.

— Ouais ! fait-elle d'un ton méprisant. Des amateurs !

— Bon, reprend le peintre, il est l'heure d'aller voir Émily. Tu es toujours d'accord pour m'accompagner ?

La petite fille bondit de son siège.

— Et comment ! Je veux vérifier si cette femme peut te convenir...

— Lola, je t'ai déjà dit que je n'étais pas...

— ... amoureux ! Je sais... Mais je me méfie... Tu es tellement naïf que tu pourrais te laisser embobiner, comme dit maman. Et puis, on ne peut pas assembler une chèvre et un chou, une carpe et un lapin, une boule de neige et un rayon de soleil... C'est bien toi qui me l'as appris...

Le peintre acquiesce. C'est vrai qu'il se souvient d'avoir utilisé ces images pour expliquer à sa petite nièce le mariage des couleurs. Sur sa lancée, elle précise :

— C'est comme pour Frédéric et moi, ça ne pouvait pas marcher. Sa musique préfé-

rée, c'est le hard-rock et moi, je suis carrément funky... Tu te rends compte, les étincelles !...

— En effet... dit le peintre faussement convaincu.

Quand on n'écoute que Mozart ou Charlie Mingus, les rivalités du Top 50 passent pour un mystère insondable.

D'ailleurs, Lola n'insiste pas.

Elle se tait pendant tout le trajet en métro, vaguement intimidée à l'idée de retourner dans une clinique même si son opération des « amygales » s'est passée sans problème. Elle n'aime pas trop ce lieu feutré qui sent drôle, où des hommes ont la même blouse et la même toque blanches que le boucher du coin.

Léon lui a pris la main et elle s'y accroche fermement. On ne sait jamais. Des fois qu'il prendrait l'envie, à un de ces hommes, de l'arrêter en chemin pour lui couper un bout de quelque chose !...

Elle respire plus librement quand ils poussent la porte de la chambre 232. C'est une grande pièce occupée par trois lits et donnant sur un parc. Deux formes émergent des lits, le troisième est replié. Lola se dit qu'ils n'ont pas dû coincer un malade dans le matelas roulé sinon on verrait la tête et les pieds dépasser. Parmi les deux formes allongées, une figure toute blanche avec des cheveux gris et une dent. La petite fille en conclut que Léon n'a sûrement pas cassé toutes les dents de sa protégée et elle se tourne donc vers le dernier lit dont le peintre s'est déjà approché, intimidé.

Une tête sort du fouillis des draps, puis un buste. Lola reste sur place. Il y a des yeux immenses dans cette tête, des yeux marron avec des kilomètres de cils. La bouche s'ouvre. Il y a plein de dents bien alignées. Lola soupire de satisfaction. La voix de Léon la sort brusquement de sa songerie :

— Lola, approche-toi. Émily voudrait faire ta connaissance.

La petite fille obéit. La jeune femme lui prend la main. Elle a de grands doigts avec des ongles peints en bleu. Un beau bleu de Prusse comme celui qu'utilise Léon.

— Comme tu es jolie, Lola !

D'où vient cette voix ? La petite fille regarde la bouche ouverte, surprise par cette intonation lointaine. *Il faudra qu'elle monte le niveau,* pense-t-elle, *sinon, on aura du mal à se comprendre...*

Pendant un instant, elle laisse les deux adultes se murmurer des choses. Léon a adopté le même ton que son interlocutrice. Assise au bord de la chaise en métal qui lui rentre dans les fesses, Lola observe sa voisine à une dent. Ses lèvres s'écartent comme une bouche de poisson pour aller chercher de l'air. Ça produit un bruit de tracteur qui fait trembler les vitres. Parfois, ça s'arrête et ça reprend plus fort. *Ben dis donc*, pense la petite fille, *elle aurait besoin d'un bon silencieux, la pauvre dame !* Léon et Émily doivent parler de celle-ci car ils la regardent.

Lola remarque que la main de la jeune femme est posée sur celle du peintre. *Et voilà*, se dit-elle, *il est en train de se laisser embobiner ! Bon, après tout, il est majeur. Je ne serai pas toujours là pour lui donner des conseils !...*

C'est l'heure de partir. Émily appelle de nouveau la petite fille pour lui déposer un baiser sur la joue. Lola a un geste de recul involontaire. Elle voit alors une ombre de tristesse traverser les grands yeux marron. Aussitôt, elle se penche vers la jeune femme et lui étale une tartine de mouillé sur le front. Puis elle dit :

— C'est une léchouille frigo... Tu vas voir, ça va te faire tout froid sur la peau. Avec la chaleur qu'il fait ici, ce sera pas un luxe...

Émily éclate de rire mais elle se reprend tout de suite car sa voisine a bougé. Lola lui adresse son plus beau sourire, le « dents de lapin n° 1 », comme dit Léon.

Pendant le chemin du retour, le peintre explique à Lola qu'ils ont été obligés de parler à voix basse car la vieille dame du lit voisin venait d'être opérée.

— Elle t'a quand même brodé les oreilles... sourit Lola.

— Qui ?... Émily ?... pas du tout... qu'est-ce que tu vas chercher là ! J'étais tout près de sa bouche pour bien entendre ce qu'elle me disait. Elle ne m'a rien brodé du tout !

La petite fille attrape l'oreille du peintre et elle la retourne dans tous les sens.

— C'est vrai ! convient-elle. Il n'y a pas de traces. T'as de la chance, sinon t'aurais eu droit au gage maxi. Vous pouvez vous faire des mamours tant que vous voudrez mais il n'y a que moi qui aie le droit de te broder les oreilles !

— Mais oui, mais oui... Lola, fait le peintre, gêné par le regard intrigué des voyageurs.

« Broder les oreilles ! » Quelle idée il a eue de laisser Lola lui mordiller les lobes pour y marquer en creux des dessins en forme de dentelle ! Cette habitude prise dès son plus jeune âge, elle l'a gardée, comme on garde un suçage de pouce ou une totoche mâchouillée. D'ailleurs, elle la pratique aussi bien avec son père et sa mère. Les oreilles ne sont pas les mêmes. Les dessins sont différents à chaque fois. Et même, le goût change. Léon se demande parfois si sa nièce n'aurait pas des instincts de cannibalisme cachés.

Pour l'heure, alors qu'ils descendent du métro, elle veut tout savoir sur ce qu'Émily a raconté. Le peintre reste évasif.

— Tu sais quoi ! fait l'enfant en se plantant devant un balayeur noir qui suspend son travail, à mon avis, Émily n'est ni une chèvre, ni une carpe, ni une boule de neige. Elle sent la forêt et elle a des yeux à rêver tout haut.

Le balayeur, un grand Noir coiffé d'un bonnet en laine jaune, regarde la petite fille en souriant et, pointant un doigt immense vers Léon, il répète plusieurs fois avec un fort accent :

— Cette gamine, elle a des mots comme des génies, monsieur. Vous avez de la chance... Comme des génies, oui, comme des génies !...

Les gros yeux ronds du balayeur sont striés de veinules rouges. Ils fixent le peintre avec insistance.

Lola, interloquée par cette intervention, examine l'homme des pieds à la tête.

— Pourquoi tu mets un bonnet et pas de chaussettes ?

Un formidable éclat de rire fait se casser le Noir en deux comme une marionnette privée de ses fils. Puis, il saisit délicatement la main de Lola dans la sienne où elle disparaît tout entière.

— Le bonnet, c'est pour protéger la tête des idées mauvaises. Les pieds nus c'est pour ne pas oublier les racines. Tu comprends ?

À cet instant, un homme en uniforme de la RATP s'approche du balayeur. À son air menaçant, pas besoin de discours. Le Noir reprend aussitôt son balai et lance à Léon avant de s'éloigner :

— Dis bonjour au soleil pour moi, frère !...

De retour à l'atelier, le peintre est assailli par les questions de Lola. Pourquoi le Noir travaille-t-il sous la terre ? Est-ce qu'il est prisonnier ? Faut-il lui acheter des chaussettes ? Son camarade Abdou sera-t-il lui aussi condamné au métro ?

Léon lui parle de l'immigration, d'Harlem Désir, de SOS Racisme, de toutes les couleurs pour réussir l'arc-en-ciel. Mais Lola connaît déjà tout ça. Elle a vu des émissions à la télé, on a fait des dossiers dans sa classe, ils ont écouté des musiques africaine, vietnamienne, turque et arabe. Mais elle ne comprend toujours pas quel rapport il y a entre les chaussettes et les racines.

Comme six heures approchent, elle prépare ses affaires pour rentrer chez elle. Alors qu'elle embrasse Léon, celui-ci lui demande d'une drôle de voix :

— Dans la musique africaine qu'on t'a fait écouter, y avait-il du tam-tam ?

— Ça s'appelle des percussions, Léon. Faudra te mettre un peu au courant. Mozart, c'est joli mais des fois ça manque de « peps » pour faire bouger les pieds...

Elle a la nette impression que Léon ne l'écoute plus.

— Excuse-moi, faut que je mette le turbo. Juliette m'avait dit de faire cuire le riz...

Le peintre ne la voit même pas sortir. Il fixe la toile où semble flamber le paysage inachevé et il dit comme dans un rêve :

— Bonjour, frère soleil !

5

Tous les mercredis, la maman de Lola
prend une demi-journée de congé pour profiter de sa fille. Elle la voit peu pendant la
semaine, à part le soir, mais le soir, on se
couche tôt quand on n'a que neuf ans.

Toutes deux font la grasse matinée puis
une toilette bataille sous-marine — la salle de
bains en transpire de partout. Ensuite, après
un petit déjeuner débordant de confitures,
elles vont flâner dans les magasins. Lola
essaye des robes, des jupes, des manteaux ou
des pull-overs. Elle joue à l'enfant gâtée.
Parade, prend des poses, fait la moue. Puis
finalement remet son vieux jean avachi en
déclarant que « Décidément, il n'y a rien

d'intéressant dans cette boutique... » Juliette prend des airs offusqués, les vendeuses sont vertes de rage, mais dès qu'elles se sont éloignées du magasin, la mère et la fille piquent des crises de fous rires majuscules. Cependant, de temps à autre, Lola accepte qu'on lui achète un vêtement ou des chaussures. D'ailleurs, la petite fille adore passer du jean rapiécé à la jolie jupe colorée et légère. Depuis qu'elle a lu *Alice au pays des merveilles*★, elle appelle cela son moment « lapin blanc ». Alors, elle quitte sa peau de chrysalide en pantalon râpé et tee-shirt approximatif, pour se métamorphoser en petite poupée à chaussettes blanches, robe à volants et ruban fiché dans ses cheveux comme un papillon géant. Sa mère s'amuse beaucoup de ces métamorphoses. Mais elle aime autant son côté Zazie (★★) que son côté Alice.

Ce matin, elle a choisi l'apparence de l'héroïne de Lewis Carroll pour finir sa promenade chez Léon où, tous les mercredis midi, le peintre reçoit sa sœur et sa nièce à déjeuner.

(★) *Alice au pays des merveilles*, Lewis Carrol, 1865.
(★★) *Zazie dans le métro*, Raymond Queneau, 1959.

De gros nuages roulent leurs chariots bruyants entre les immeubles. Juliette fait presser sa fille car les premières gouttes s'aplatissent déjà sur la chaussée.

— Tu vas gâter ta robe, Milady ! fait-elle en riant.

— Ce serait dommage, ma chère, le vicomte votre frère en ferait une maladie... minaude la petite.

Heureusement, l'atelier de Léon n'est qu'à deux pâtés d'immeubles de l'appartement de Juliette. Elles pénètrent sous le porche au moment où un fracassant coup de tonnerre déclenche le déluge. Elles s'apprêtent à grimper l'escalier qui mène à l'atelier, quand la concierge les interpelle. C'est une vieille à fichu, avec de la moustache. Lola ne l'aime pas trop.

— Dites donc, madame Cordier, grince-t-elle à l'intention de Juliette, faudra voir à demander à votre frère qu'il fasse moins de chahut... déjà qu'avec les roquères du quatrième...

La maman de Lola en est tout interloquée :

— Mon frère ?... du chahut ?... Mais il est plus silencieux qu'une ombre...

— Ben, pas cette nuit, ma bonne dame...

il a fait bramer son phono jusqu'à l'aube...

Lola ne peut s'empêcher de dire :

— Mozart, ça brame pas, ma bonne dame, ça chante !...

— Mozart ou pas... vous lui direz de pas recommencer sa musique de sauvage... j'ai eu des plaintes...

— Quelle vieille chouette ! murmure la petite fille en finissant de grimper les marches qui aboutissent tout en haut de l'immeuble.

Juliette la suit avec peine en pestant contre l'absence d'ascenseur. Elle rejoint sa fille qui tambourine depuis une bonne minute sur la porte.

— Ça répond pas ? demande la petite femme ronde en s'épongeant le front.

Un nouveau craquement du ciel illumine le palier.

Lola tourne la poignée.

— C'est ouvert.

— Si ça se trouve, il dort encore...

— C'est curieux, on sent pas le bœuf en daube... s'inquiète Lola.

Tous les mercredis, le peintre prépare en effet un bœuf en daube. C'est le seul plat qu'il sache cuisiner. Or, comme l'a remarqué la petite fille, aucune odeur de thym ou de laurier ne flotte dans l'air. Seuls les effluves habituels de peinture et d'essence imprègnent la pièce. La pluie violente fait défiler ses fantassins sur la verrière. Des éclairs tranchent la pénombre. Un désordre bizarre, sièges et toiles renversés, attire l'attention des deux visiteuses. Lola appelle son oncle. Dans sa robe « alicienne », elle ressemble à une photo du temps passé, surgie de l'orage comme par enchantement.

— Il est peut-être sous sa douche ? suggère la maman.

— J'y vais, s'écrie Lola.

Mais Juliette retient la petite fille.

— ... et la décence, voyons !

— Il prend pas sa douche avec de l'essence... s'étonne Lola.

À ce moment, toutes deux poussent un cri strident. Un éclair blanchit la pièce. Un être étrange avec pour seul vêtement un pagne serré autour de la taille surgit d'un amas de coussins. Il lance un chapelet de mots incompréhensibles tout en amorçant une danse rythmée par le claquement de ses pieds nus sur le plancher.

Juliette est restée bouche bée. Lola, d'abord paralysée, se ressaisit et un sourire naît sur son visage qui s'épanouit de plus

en plus malgré l'étrangeté de la situation.

— Maman, c'est Léon, tu ne le reconnais pas ?

La petite femme reprend sa respiration, puis, dardant son regard sur le visage du danseur, elle s'exclame :

— Mais oui... quel idiot ! Il nous aurait fait peur avec toutes ces couleurs sur la figure !... Allez, Léon, arrête la plaisanterie, on t'a reconnu...

Le peintre ne semble pas entendre ce que lui dit sa sœur. Sa voix roule comme l'eau d'un fleuve sur les rochers.

« *Écoutons son chant, écoutons battre notre sang sombre, écoutons*

Battre le pouls profond de l'Afrique dans la brume des villages perdus »... (*)

— C'est ça, Léon, tu danses très bien... Et l'Afrique est un beau pays mais nous avons faim... insiste la maman de Lola.

Le peintre se met à tourner autour des deux femmes et sa voix roule de plus en plus vite :

« *Afrique, mon Afrique*
Afrique des fiers guerriers dans les savanes ancestrales
Afrique que chante ma grand-mère
Au bord de son fleuve lointain
Je ne t'ai jamais vue
Mais mon regard est plein de ton sang
Ton beau sang noir à travers les champs répandu... »

(*) David Diop.

Cette fois, le visage de Juliette se durcit. Elle éclate :

— Léon, ça suffit ! Nous sommes venues déjeuner comme tous les mercredis. Je reprends mon travail dans une heure... Cesse de faire le pitre !

Soudain, le peintre se jette aux pieds de sa sœur qu'il agrippe avec frénésie :

« *Je devais être, mère, le palmier florissant de ta vieillesse, je te voudrais rendre l'ivresse de tes jeunes années,*

Je ne suis plus que ton enfant endolori... »

Juliette se recule brutalement. Elle est devenue toute pâle. Le danseur s'est replié sur lui-même, il palpite comme un oiseau blessé, son souffle sifflant se perd dans ses derniers mots. Une formidable déflagration fait vibrer la verrière tout entière. Lola se jette sur Léon agité de soubresauts. Elle lui prend la tête dans ses bras. Les couleurs rutilantes de son maquillage se décalquent sur sa robe blanche. Juliette balbutie :

— Mais qu'est-ce qu'il a ?... Il est malade ?... Il se drogue ?... Mon Dieu, il se drogue, c'est ça !... Léon, Léon qui t'a fait ça ?...

La petite fille d'une voix énergique interrompt sa mère :

— Aide-moi à le porter sur le canapé.
Regarde, c'est fini, il est redevenu tout
calme. Mais il doit être très fatigué...

La petite femme, pourtant très dynamique
de tempérament, accomplit machinalement
les gestes pour tirer son frère, au corps mou
comme une pâte à modeler... Pendant ce
temps, Lola est revenue avec des glaçons
enveloppés dans un linge et elle en tamponne
le front bouillant de son oncle.

— Tu sais quoi, dit-elle à Juliette, il a fait
un trop long voyage...

— Quel voyage ?...

— Ben, l'Afrique, voyons, t'as bien
entendu ?

— Tu veux dire que Léon est allé en
Afrique cette nuit ?... Tu veux dire qu'il a
fait l'aller-retour... Lola, tu te moques de
moi... Dis-moi la vérité... Tu sais quelque
chose... Gérard avait vu juste... tu sais
quelque chose et tu ne veux pas nous le
dire...

Lola continue très lentement à éponger le
front du peintre d'où dégoulinent les couleurs barbouillant son visage comme un masque de carnaval.

Juliette s'écrie dans une plainte :

— Mon frère est en train de devenir fou... C'est ça, hein, Lola... et tu le sais... et tu n'as pas voulu nous l'avouer pour nous éviter de la peine...

— Fou, moi ?... Pas plus fou que toi, ma sœur ! fait soudain Léon avec un grand éclat de rire.

Il enlace la petite femme et lui couvre les joues rondes de baisers multicolores. Devant la tête de sa mère, Lola pousse son rire de trompette. Juliette traite son frère de brute, de fada, d'inconscient et de mauvais garnement. Mais elle rit à moitié en se regardant dans la glace. Puis elle se calme. À peine une minute, le temps de découvrir la robe de Lola toute tartebrouillonnée de taches arc-en-ciel. Finalement, elle pousse un dernier cri en consultant sa montre et file dans la salle de bains se refaire une beauté.

Léon prend les mains de sa petite nièce et les serre très fort.

— Dis donc, c'était costaud cette fois-ci ! dit-elle.

— Oui, ma Lola, je te raconterai... mais comme c'est gentil d'être venue en alicienne...

— Ouais... mais maintenant, ce serait

plutôt Cendrillon après un concert de rock...

Léon sourit.

Sa sœur réapparaît, calmée, rafraîchie.

— Écoute-moi bien, mon frère... C'est la dernière fois que tu me fais une blague pareille. Il y a deux choses que je ne te pardonnerai pas. La première, c'est de m'avoir fait peur, la deuxième c'est de me renvoyer travailler le ventre vide...

Le peintre se courbe jusqu'à terre, jouant le domestique désespéré. Il veut à tout prix glisser un paquet de gâteaux secs dans la poche de sa sœur. Elle refuse, lance des bises à la volée, crie : « À ce soir !... » et disparaît dans l'escalier où l'on entend ses talons dévaler les marches.

Le soleil fait une percée, balayant l'atelier comme un projecteur de poursuite. Lola se cale dans les genoux du peintre qui, avant de commencer son récit, demande si elle veut un Coca ou du chewing-gum.

— Pas question ! Ceci ne convient pas à Alice... Alors, c'était le balayeur du métro ?...

— Oui... soupire Léon... et cette fois, il est resté en moi toute la nuit... jusqu'à tout à l'heure...

— C'est un Africain, alors ?...

— Oui... un Sénégalais pour être plus précis... et quel voyage il m'a fait faire...

Le peintre entame un récit émerveillé où défilent de vastes savanes boisées plantées de baobabs géants, des troupeaux d'éléphants et d'antilopes, des lions à l'affût, des hippopotames s'ébrouant pesamment dans des eaux boueuses, des singes hurleurs et des nuées d'oiseaux tourbillonnant dans un ciel incandescent. Il parle aussi des Peuls, ces nomades conduisant leurs immenses troupeaux de chèvres et de moutons de point d'eau en point d'eau. Il chantonne une légende ouolof dont il n'a hélas retenu que des bribes. Puis, sans transition, il raconte que Seye, c'est le nom du balayeur qui l'a habité cette nuit, a évoqué l'usine d'arachide dont il a dû partir à cause du chômage. Ses dix frères dont il est l'aîné et pour qui il est venu en France, espérant enrichir leur galette de mil quotidienne. Et il finit par les souvenirs qui lui font trembler la voix où Seye dit sa nostalgie de la saison des pluies et de la saison sèche, des cours d'amour, des virées joyeuses à la ville ou des expéditions tumultueuses dans la grande Dakar.

Lola écoute le peintre, fascinée. Elle ne comprend pas tout mais c'est beau comme ses tableaux, tourmenté comme le paysage inachevé.

Un long silence suit le récit de Léon. Cette fois, le bleu a envahi toute la verrière. Quelques diablotins de nuages jouent encore aux quatre coins.

Lola rompt ce moment de dérive entre deux mondes en disant soudain :

— Léon ! regarde-moi bien au fond des yeux !

— Oui, ma chérie, acquiesce le peintre. Et que dois-je y voir au fond de tes yeux ?... Un lapin blanc ? Le métro de Zazie ?... Oh !... à moins que tu ne reçoives toi aussi d'étranges visiteurs !...

— Non, regarde-moi très fort, insiste la petite fille.

Une bonne minute s'écoule. Léon retient visiblement son rire. Mais il ne peut résister à une grimace de sa petite nièce.

Lola fait la tête. Ses petites lèvres tremblotent, comme quand elle va faire un chagrin. Le peintre s'en aperçoit très vite :

— Qu'est-ce qu'il y a ma Lola ?

— Je voulais vérifier... avec moi, ça marche pas... Tu as beau me regarder, je ne rentre pas en toi...

Léon devient très grave :

— Crois-tu que c'est par le regard

qu' « ils » pénètrent en moi... (La petite fille
ne répond pas.) Et quand bien même cela
serait... Sais-tu ce que je crois ? continue le
peintre. Si tu ne viens pas en moi, c'est que
tu y es déjà... là...

Il montre l'emplacement de son cœur.

— Alors, si j'y suis déjà, dit Lola, je
devrais pouvoir empêcher les autres d'y
entrer... Je devrais pouvoir te défendre
contre tes « envahisseurs »...

— Parfois, je n'ai pas envie d'être
défendu... Cette nuit, c'était si beau... fait le
peintre songeur.

— N'empêche ! à la longue, ça va te
rendre malade... Tu sais quoi, si ça se trouve,
c'est peut-être un coup des Martiens !...

Léon sourit. Malgré la belle aventure qu'il
a vécue cette nuit, une inquiétude sourde lui
grignote le ventre. Qui sera le prochain visi-
teur ? Qui prendra possession de sa peau ? Et
s'il y perdait un jour son âme ?... Il n'a pourtant signé aucun pacte avec le diable... et
Faust (*) n'est après tout qu'une belle histoire !

(*) Personnage qui vécut en Allemagne au début du
XVIᵉ siècle et qui est rapidement devenu le héros de
nombreuses œuvres littéraires ou artistiques. Faust vendit
son âme au diable en échange du pouvoir d'accomplir des
miracles.

Mais il ne parle pas de tout ça à Lola qui est en train de prendre le frigo d'assaut. Il se rend compte soudain qu'il est deux heures de l'après-midi et que la pauvre enfant n'a pas mangé depuis le matin. Même Alice a un estomac !

6

Émily est sortie de la clinique. Elle a dîné un soir chez les parents de Lola et elle est allée au cinéma avec Léon. Le peintre s'était rasé pour l'occasion. Les cicatrices fraîches qui zébraient de rouge la pointe de son menton témoignaient du soin qu'il avait dû apporter à l'opération.

— Eh bien voilà ! s'est exclamée Lola après le départ du couple, elle l'a eue, sa bobine !

Juliette a regardé sa fille d'un air surpris.

— Quelle bobine ?

— Maman, c'est bien toi qui m'as dit que

Léon se ferait embobiner par la première venue... Émily est venue, et crac ! elle a fauché la bobine à Léon !

Gérard qui sirote un fond de cognac s'esclaffe :

— Quelle petite mouche ! Tu n'en rates pas une, ma fille !

— Mais non, reprend la mère en débarrassant la table. C'est joli ce que tu as dit, ma chérie. Si on suppose que Léon est une bobine, peut-être que le fil de la bobine, c'est l'amour qu'Émily et lui vont dévider tendrement...

Gérard fait entendre un claquement de langue.

— En tout cas, j'ai l'impression que ton frère est casé... Dommage pour le foot !

— Égoïste, va ! réplique la petite femme en le taquinant. On n'a qu'à faire un petit frère à Lola et tu l'emmèneras au stade...

Lola bondit.

— Oh ! oui, papa... Un petit frère ! Un petit frère !... Ça serait vachement chouette !...

Puis, ses yeux s'agrandissent.

— Mais un bébé, c'est un autre que toi qui est en toi, maman, comme tu me l'as expliqué...

— Bien sûr, un autre qui pousse pendant neuf mois...

— Alors, Léon accouche ! C'est ça. J'ai trouvé ! Léon ACCOUCHE !... Youpie !

Puis, s'apercevant qu'elle a fait une gaffe, elle rougit comme un verre de grenadine.

Gérard prend un air sévère :

— Qu'est-ce que tu racontes, Lola ! Ce n'est pas un vocabulaire de petite fille...

La maman intervient, prenant la défense de Lola, faisant remarquer à son mari qu'il est normal qu'une petite fille sache ce qu'est la maternité. Elle ajoute même que ce devrait être le cas pour les garçons également.

Gérard admet que finalement c'est peut-être mieux ainsi. Que l'ignorance engendre des malentendus parfois lourds de conséquences. Mais il n'a pas l'air très convaincu. Sa fille, peut-être pour rattraper sa bévue, ajoute :

— Je voulais dire que Léon accouche de son œuvre. Tu te rappelles, maman, il a dit ça pour expliquer sa peinture... Quand on crée c'est comme si on accouchait, il a dit...

Gérard a un geste d'agacement.

N'empêche, pense Lola, *accoucher d'une toile de deux mètres sur un mètre cinquante, je sais pas comment il peut faire... À moins qu'elle soit roulée. Ce qui est sûr, c'est que c'est peut-être une explication à ses problèmes d' « invasion »*... Il faudra qu'elle lui en parle demain.

— Au fait, maman, dit la petite fille en essuyant la vaisselle, un homme, est-ce que ça peut aller voir un « génicologue » ?

— Pour aider sa femme, bien sûr, ça arrive assez souvent... Ton père m'a accompagnée plus d'une fois quand j'attendais ta naissance... Mais on ne dit pas « génicologue », on dit gy-né-cologue.

— Pas pour ton frère, maman, tu m'as bien dit qu'il avait du génie...

Juliette éclate de rire. Lola n'y prend pas garde. *Ça avance*, se dit-elle à part. *Tonton Léon s'est trompé de médecin. S'il a une autre invasion... je sais maintenant qui il devra aller voir...*

Le lendemain, après avoir chahuté un bon moment avec Belzébuth remis des frayeurs de l' « Afrique » (il est resté toute la nuit perché dans la gouttière), Lola, la bouche à moitié pleine de tartine à la groseille, décide de livrer ses révélations de la veille :

— Tu sais, Léon, j'ai beaucoup réfléchi et j'ai trouvé une solution pour ton mal.

Le peintre suspend son pinceau qui

entame un coin particulièrement délicat du paysage. Une cascade reflétant le soleil.

— Vois-tu, ma Lola, depuis que je sors avec Émily, j'ai la nette impression que ça s'améliore…

— Forcément, tu ne penses plus qu'à elle, tu ne regardes plus qu'elle…

— Tu es jalouse ?

Lola hausse les épaules :

— N'importe quoi !… Ça veut dire que ton regard n'en rencontre plus d'autres. Que tu es complètement aveugle à ce qui t'entoure… Alors, forcément, il n'y a plus d'invasion… Mais si ça revenait, j'ai trouvé une solution…

Et pendant que le peintre dose les couleurs qui donneront à la cascade la transparence du cristal et le feu de l'astre solaire, la petite fille expose sa théorie sur l'accouchement et le « génicologue ».

Léon écoute distraitement. Lola s'en aperçoit très vite. Elle fait claquer ses sandales sur le plancher, attrape son anorak et comme une furie, fonce vers la sortie. Juste avant de refermer la porte avec fracas, elle lance sur un ton définitif :

— Quand monsieur aura retrouvé ses

oreilles pour m'écouter, monsieur me fera signe !...

Le peintre essaie de rattraper la petite fille, en vain. Elle a filé plus vite qu'un courant d'air.

Il se retourne vers la glace qui lui renvoie l'image d'un grand dadais, aux cheveux hirsutes, embarrassé comme un pingouin à qui on aurait offert une paire de gants.

Pas de doute, se dit-il, *j'ai fait une gaffe... Il faut que je me fasse pardonner et le plus vite possible... Mais comment?... Ah! j'y suis!*

Il compulse fébrilement l'annuaire, décroche le téléphone et retient deux places pour la séance de dix-sept heures au Cirque d'Hiver.

Lola lui a consenti son sourire « dents de lapin n° 2 » quand il est allé la cueillir à la sortie des classes avec deux billets. « Le sourire n° 1, c'est pour les grands jours, a-t-elle dit. Aujourd'hui, c'est un jour à moitié grand, parce que ce matin tu m'as fait de l'ombre dans le cœur. »

Ils ne disent plus rien jusqu'au début de la représentation, Léon laissant peu à peu sa petite nièce chasser l'ombre de son cœur. Il ne faut rien brusquer. *C'est parfois plus difficile d'apprivoiser une petite fille qu'un fauve,* pense le peintre en applaudissant le dompteur qui vient de s'allonger sur trois tigres mahous. Lola est tout entière au spectacle. Elle trouve pourtant le moyen de glisser sa petite main dans celle de Léon et de lui décocher, pour de vrai, son sourire « dents de lapin n° 1 ». Le peintre pousse un soupir de soulagement.

— Dis donc, j'espère qu'il y a pas trop de clowns parce que les clowns, c'est débile !

Léon ne répond pas. Mais il lui semble bien avoir aperçu, en entrant, deux gaillards, l'un en habit blanc avec un petit chapeau conique, l'autre avec des pantalons à carreaux trop larges et des savates d'un mètre. De toute évidence, ce ne sont pas des vendeurs de cacahuètes.

Il ne se rappelait plus que Lola détestait les clowns. Pourtant, lorsqu'à l'âge de quatre ans, on l'avait emmenée pour la première fois au cirque, elle avait fait une vraie crise de frayeur devant ces personnages bariolés et bruyants. Surtout quand l'un d'eux s'était approché d'elle pour lui donner un ballon. Elle l'avait envoyé valdinguer, le ballon. Le clown n'avait pas eu l'air content.

Pendant que les trapézistes effectuent leur saut de la mort et que toute l'assistance retient son souffle, Lola continue à débiter entre ses dents :

— Tu comprends... ils se croient rigolos avec leurs coups de pied au cul, leurs gadins et leur « gna gna gna les petits nenfants... » mais ils sont nuls, ces gars-là. C'est pas comme... oh ! t'as vu, il a failli le rater...

Le trapéziste receveur a en effet rattrapé de justesse son partenaire, à la sortie d'un double saut périlleux arrière... Le public a frémi. Du coup, Lola a retenu sa mastication comme si le chewing-gum lui avait soudé les mâchoires.

Après les trapézistes, des jongleurs sur trampoline arrachent les hourras de l'assistance. Lola, les yeux brillants, est excitée comme une puce.

C'est alors que le maître de cérémonie annonce à grand renfort de cymbales et de roulements de tambour l'arrivée en première

mondiale, mesdames et messieurs, de Gribiche et Cafouillard, les plus
grrrrrrrrrrrrands clowns du moo-on-on-on-
onde...

Léon a senti la main de Lola se raidir dans
la sienne.

— Si tu veux, on peut sortir et on revien-
dra au numéro suivant...

— Euh... de toute façon, j'ai envie de faire
pipi, dit Lola, sautant sur cette proposition
comme sur une bouée de sauvetage.

Ils font lever de leur rangée les spectateurs
qui sont en train de scander à tue-tête les
noms des clowns pour hâter leur venue. On
leur jette des regards peu amènes. Ils par-
viennent enfin à se glisser dans le couloir de
toile qui mène à la sortie. Mais Léon se
trompe de direction et ils se retrouvent d'un
seul coup nez à nez avec deux clowns qui sau-
tillent comme des sportifs à l'échauffement.

— Qu'est-ce que vous faites là ? dit le
grand en costume blanc.

— Excusez-nous... je cherche les toilettes
pour la petite...

— Ah !... la pétité, fait l'autre en pantalon
large, ellé va rater les cla-ouns ! Qué
dommagé !

Et comme il se penche vers Lola pour lui faire

un sourire, celle-ci, dans un geste réflexe, lui balance sa main en pleine figure en hurlant :

— M'en fous ! M'en fous !

Le nez du clown vole à terre. Le grand en blanc regarde méchamment Léon :

— Dites donc monsieur, faudra veiller à l'éducation de votre enfant... Dépêche-toi Cafouillard, ils vont tout casser !

Léon entraîne Lola qu'il a prise dans ses bras. Mais il sent un trouble qu'il connaît bien s'insinuer en lui, comme une eau glaciale. Au lieu de bifurquer vers le baraquement TOILETTES, il fonce directement vers la sortie, embarque sa petite nièce sur son vélo et, forçant l'allure, regagne en un temps record son atelier.

À peine a-t-il refermé la porte qu'il se jette, épuisé, sur le canapé, manquant écraser Belzébuth au passage. Lola, abasourdie, s'est précipitée au petit coin et quand elle en revient, elle entend Léon baragouiner :

« *Môssieu Cafouillard, rogardez bien avec tous vos yeux et dites moa ço quo jo fais !* »

Il se met debout, fait semblant d'ouvrir une porte, la referme derrière lui. Il compte, un, deux trois, quatre, cinq, six sur les boutons d'un tableau imaginaire. Il appuie sur le dernier. Il attend un moment. Il se retourne, pousse la porte, la referme, fait quelques pas, s'arrête de nouveau, fouille dans sa poche, fait jouer une serrure, entre dans une salle, fait le geste d'embrasser quelqu'un.

Puis il change de voix, tout en conservant son regard de somnambule :

« *Oh là là ! j'ai tout compris, môssieu Gribiche... Tu es entré dans une maison ; tu as pris l'ascenseur, tu as appuyé sur le bouton du sixième étage, tu es arrivé, tu as pénétré chez toi et tu as embrassé ta petite amie.* »

Lola commence à dire tout bas d'abord, puis de plus en plus fort au fur et à mesure que la scène avance :

— Léon arrête, Léon... Arrête !

Mais le peintre, changeant sa voix à chaque réplique, continue imperturbablement :

« *Non, pas ma petite amie...*

— *Ta sœur ?*

— *Non pas ma sœur. Ma femme, tout simplement.*

— *Ta femme ?*

— *Oui, ma femme !*

— *Bon, ça va, on peut se tromper !*

— *Eh ! oui, on peut se tromper !* » (*)

(*) Sketch extrait de *Entrées clownesques* de Tristan Rémy.

À la dernière réplique, Lola est au bord de la crise de nerfs.

Léon retrouve une voix presque normale pour dire :

« *Pourquoi ils rient pas, ceux-là ? Quel métier ! Il y a des moutards que je giflerais bien avec plaisir ! Et cette andouille qui s'est encore trompé. Si ça continue, je lui casse la figure, là, en pleine représentation ! Ah ! si j'étais un lion, comme j'aimerais dévorer le dompteur !... Un clown, ça ne peut pas dévorer son public... Dommage... Allez, allez... riez, petits imbéciles !* »

La petite fille n'en peut plus. Un rictus déforme la bouche de Léon. On dirait qu'il est prêt à mordre. Elle s'empare alors sans réfléchir du bocal à poisson rouge et d'un seul coup d'un seul, en balance tout le contenu sur la tête du peintre. Il pousse un cri. Le poisson s'est coincé dans le col de sa chemise et se débat avec vigueur.

La réalité le frappe en pleine poitrine et c'est à demi KO qu'il reconnaît la petite Lola en larmes. Il se précipite vers elle, la prend dans ses bras, la serre doucement, la couvre de baisers. Elle hoquette encore un moment puis retrouve peu à peu son calme.

Un frétillement soudain les fait sursauter.

C'est le poisson rouge qui pointe sa tête par le col de chemise et saute sur le plancher.

Lola ramasse le bocal, le remplit d'eau et sauve de justesse le malheureux poisson des griffes de Belzébuth qui, l'air de rien, s'était approché en se léchant déjà les babines.

Quelques instants plus tard, Léon dit sur un ton amer :

— Je crois que tu avais raison, Lola. C'est épouvantable, les clowns. En tout cas, ceux-là. Te rends-tu compte que le fameux Gribiche, le clown blanc, il déteste les enfants, il déteste le public, il déteste son partenaire. Quelle tristesse !

— Je te l'avais dit. Tu voulais pas me croire ! Moi, les clowns, ça m'a jamais fait rire ! renchérit Lola. Dommage, on a raté le final. J'aime bien quand tout le cirque défile avec la musique. C'est quand même mieux que les majorettes...

Puis, très grave, elle poursuit :

— Si tu veux pas voir un génico... un gynéco... truc... t'as plus qu'à regarder Émily et rien qu'elle...

Léon embrasse Lola mais son baiser tremble légèrement.

— Est-ce que tu crois que c'est seulement par le regard qu'ils entrent en moi ?...

— Je ne sais pas... depuis que tu sors avec Émily, ça s'était bien arrangé, non ?

— Sans doute, sans doute... convient le peintre en hochant la tête. Mais à force de se regarder les yeux dans les yeux, on va finir par rater une marche... Crois-tu que ce sera mieux ?...

C'est sur cette question sans réponse que Léon a ramené Lola chez elle, ce soir-là. La petite fille n'a rien raconté à sa mère, pourtant elle en brûlait d'envie. Un secret, c'est un secret. *Mais quand les secrets sont trop lourds, comment faire pour ne pas être écrasée?* pense-t-elle juste avant de s'endormir.

7

Barbara Prévost est une grande rouquine avec un corps en caoutchouc et une tête de porcelaine. Quand on la voit traîner les pieds dans la cour, le visage comme blanchi à l'eau de Javel, on ne lui donnerait pas une heure à vivre. Et puis, tout à coup, elle pique un sprint, attrape au vol la balançoire, grimpe sur la barre de soutien du portique, se laisse tomber dans le vide, se rattrape in extremis du bout des doigts et, sur son élan, accomplit trois ou quatre « soleils » avant de sauter à terre, le front à peine rosi. Comme si elle venait de faire un pas de marelle. Alors, elle retrouve sa démarche d'autruche centenaire et replonge dans ses pensées.

Un jour que Lola venait de la voir franchir le bac à sable en un saut périlleux impeccable, elle lui a demandé :

— Tu as appris toute seule ou on t'a aidée ?

La grande rouquine n'avait pas l'habitude qu'on lui adresse la parole. Non que les autres élèves ne l'aimaient pas, au contraire. Ils étaient plutôt trop respectueux à cause de ses exploits et de sa personnalité. Mais quand elle rentrait dans sa coquille, on n'osait pas la déranger. Souvent, on la voyait aller et venir, les yeux fixés sur le bout de ses chaussures comme si elle y cherchait la solution d'un problème sans solution.

Elle a regardé Lola un bon moment avant de lui répondre puis, devant le sourire tranquille de la petite, elle a dit tout doucement :

— C'est ma voisine. Elle a été danseuse étoile. Elle m'a montré des choses, j'en ai inventé d'autres, pour m'amuser.

— Bravo ! tu es une artiste ! s'est exclamée Lola.

Elles sont devenues amies. Depuis, elles se racontent tout. Barbara lui a parlé de son père aviateur parti un jour au bout du monde et qui n'en est jamais revenu. Puis de sa mère qui tremble chaque fois qu'elle entend un

avion et qui lui interdit de jouer avec des
garçons. Lola lui a montré que les garçons ne
sont pas toujours bêtes comme des saucis-
sons. Elle lui a fait connaître Marc qui
collectionne les atlas et qui rêve de s'envoler
un jour pour un tour du monde sans escale en
ULM. Barbara n'est pas vraiment tombée
amoureuse de Marc mais elle aime bien ses
atlas et elle l'écoute lui raconter la Chine, la
Nouvelle-Zélande, les Philippines. Elle lui a
promis de l'accompagner dans son expédition
avec le secret espoir que, là-bas, à l'autre
bout du monde, elle pourra retrouver son
père.

De temps à autre, Lola emmène la rouquine chez Léon. Elle lui explique les
tableaux. Les couleurs qui sont comme des
notes de musique, les paysages qui chantent
ou qui pleurent, la lumière si difficile à
apprivoiser quand on n'a qu'un bout de
pinceau pour la faire danser. Le peintre
écoute les deux amies babiller. Il approuve
souvent sa petite nièce, ajoute des commen-
taires. Il a dit un jour à Barbara qu'elle avait
l'éclat d'un Botticelli (*). La rouquine a rosi

(*) Peintre, dessinateur et graveur italien de la seconde
moitié du xve siècle.

comme s'il s'était agi d'un compliment impudique. Elle s'est demandé quelle tête aurait Léon avec une casquette d'aviateur. Quand elle est en forme, elle descend les marches des cinq étages sur les mains. D'autres fois, elle s'arrête au quatrième pour écouter les voisins de Léon qui font de la musique comme on fait la cuisine, avec gourmandise.

— Un jour, lui a dit Lola, on ira dans leur boîte. C'est des vrais pros, tu sais. Il y a une batterie, un saxo et une contrebasse.

Barbara s'est interrogée pour savoir comment trois hommes pouvaient tenir dans une boîte.

Or, depuis une quinzaine de jours, Lola n'a pas emmené sa copine à l'atelier. La rouquine n'a rien dit. Ce n'est pas une quémandeuse. Mais, tout de même, ce matin, en voyant le visage fermé de Lola, elle n'a pu s'empêcher de remarquer :

— Tu as un problème, Lola ?

La petite fille attendait cette question. Sans hésiter, comme si elle se soulageait d'un pénible fardeau, elle a tout déballé, en vrac, en répétant parfois les mêmes choses pour appuyer certains faits particulièrement insolites.

Barbara chasse d'un geste de la main Marc

qui s'approchait pour lui donner une carte.
Elle prend la petite par les épaules et lui dit :

— C'est pas une maladie. Maman, elle a
ça depuis des années. Le docteur lui donne
des pilules, pour oublier.

Lola ne veut pas contrarier son amie mais
elle voit bien qu'elle n'a pas compris. Son
oncle aussi a vu un médecin. Pour rien.

— La différence, reprend Barbara, c'est
que maman, elle voit toujours la même
personne dans sa tête.

*Il y a de fortes chances pour que cette personne
porte un uniforme d'aviateur*, pense Lola.

— Tu sais, continue la rouquine, on
devrait en parler à la maîtresse.

Lola s'écrie :

— Non, surtout pas ! J'avais juré !...
Déjà, j'aurais pas dû te le dire et bientôt toute
la ville va le savoir...

— Calme-toi... Il s'agit pas de donner le
nom de Léon... On peut poser des questions,
l'air de rien... pendant l'heure du conte, par
exemple.

— Pendant l'heure du conte ?

— Oui... tu te rappelles, la maîtresse nous
a parlé des métamorphoses, des sorts, des
envoûtements... Peut-être que ton oncle est

envoûté... Peut-être qu'il y a une sorcière qui lui a jeté un sort...

Lola réfléchit un court instant.

— J'avais pas pensé à ça... Tu sais quoi, si je retrouve cette sorcière, je la découpe en morceaux et je la donne à manger à Belzébuth.

La petite fille lance son rire de trompette. La rouquine fait la roue. Marc qui attend toujours avec sa carte à la main, hausse les épaules en pensant : *C'est bien ça les filles, un coup ça pleure, un coup ça rit...*

Mlle Clara est une jeune institutrice dynamique et souriante. Elle a partagé sa classe en petits coins ateliers où chaque groupe, selon les objectifs définis au début de la semaine, doit accomplir divers travaux. Une assemblée générale regroupe la classe en fin de semaine, on discute et on évalue. On décide aussi en commun des activités du trimestre. En ce moment, on travaille sur le conte. Les ateliers se partagent les lectures, construisent des tableaux sur les personnages, les événements, les formules magiques etc. On fait des schémas actanciels, on décortique, on analyse, bref, on essaie de comprendre comment ça marche pour inventer ensuite ses propres histoires et les reproduire à l'aide de l'im-

primerie de la classe. Après, on les enverra aux correspondants, une classe du Midi. Mlle Clara se déplace d'un groupe à l'autre, répond aux questions, donne son avis, aide à chercher les mots difficiles.

Barbara et Lola ont choisi *La Sorcière de la rue Mouffetard* (*).

— Je crois que ton idée est bonne, dit la petite fille, parce qu'il y a plein de transformations dans ce conte.

En effet, l'affreuse sorcière de la rue Mouffetard, pour devenir la plus belle fille du monde, doit manger une petite fille. Afin d'attraper sa victime, elle se déguise en vieille dame, puis en bouchère, puis en deux cent soixante-sept marchandes.

C'est donc sans surprise que Mlle Clara entend Lola lui demander :

— Est-ce qu'il est possible de changer de peau comme la sorcière de la rue Mouffetard ?

— C'est un conte, répond la maîtresse en souriant.

— Mais dans la vie, ça arrive aussi, intervient Barbara. Il y a bien des personnes qui se transforment...

(*) *Contes de la rue Broca*, Pierre Gripari, 1967.

— Pas pour manger les petites filles... fait la maîtresse d'un ton rassurant.

— Pourtant, quand j'avais trois ans, insiste la rouquine, j'étais pas plus haute qu'un chou-fleur...

— Et moi, j'étais ronde comme une patate, ajoute Lola.

Puis désignant Marc :

— Et lui, plus tard, il aura des poils sur la figure et il ne pourra plus s'asseoir sur nos chaises...

Le garçon bombe le torse et gonfle ses muscles.

La maîtresse prépare son explication sur la métamorphose des corps dont elle a déjà parlé avec la naissance des bébés mais ses deux élèves curieuses ne lui en laissent pas le temps.

— Des fois, dit Barbara, j'ai l'impression d'être une grande personne et je pilote un avion...

— Et moi que je suis Alice et que je passe à travers le miroir de ma chambre...

— Ou une danseuse étoile à l'Opéra de Pékin...

— Ou Zazie et je montre ma langue à tous les passants...

Mlle Clara les interrompt :

— Est-ce qu'en réalité, vous devenez VRAIMENT ces personnages ?

Cette remarque ne désarçonne pas Lola :

— Ça prouve rien... on peut changer DEDANS et que ça se voie pas...

La maîtresse reconnaît la justesse de sa remarque. Puis Lola, d'une voix peu assurée, dit :

— Il paraît qu'il y a des gens qui sont « possédés ». Qu'on leur a jeté un sort. Tu y crois, toi, maîtresse ?

— Ce sont des inventions, ma petite Lola. Je vous le répète, il ne faut pas confondre la légende et la réalité.

La rouquine s'exclame :

— Mais tu nous as bien dit que dans toutes les légendes, il y a un fond de vérité...

Marc, qui commence à s'impatienter, coupe court à la discussion en protestant que la lecture n'est pas finie.

— C'est juste, remarque la maîtresse un peu débordée. Soyez gentilles, les filles, on termine le travail en cours et on reparlera de tout ça plus tard.

À la sortie, Marc se fait enguirlander par la rouquine et il s'en va la tête basse sans comprendre ce qui lui arrive.

— Je suis sûre qu'elle allait nous dire des

choses importantes, confie Barbara à Lola, si seulement cet empoté s'était tenu tranquille...

— Alors, tu crois que mon oncle est envoûté ? s'inquiète Lola.

— Je ne sais pas. Il faut vérifier. Tu m'as bien dit que tu croyais que ça se passait par le regard... Demain, c'est samedi, je viendrai à l'atelier avec M. Tapiot, le vendeur de billets de loterie.

— Un billet de loterie, pour quoi faire ?

— Tu sais bien qu'il est aveugle... mais il est gourmand comme une chatte. Achète-lui un gros gâteau au chocolat et demande à Léon de l'inviter à goûter... on verra bien...

Lola fait la moue.

— « On verra bien »... t'as une drôle d'expression pour un aveugle...

8

Léon n'a été qu'à demi surpris quand Lola lui a proposé d'inviter le père Tapiot pour le goûter. Comme tous les gens du quartier, il connaît bien le vieux vendeur de billets qui, par tous les temps, lance de sa guérite bringuebalante ses appels à la chance : « Allons, messieurs et mesdames, laissez-vous tenter. Devenez millionnaires. Les bons numéros sont là. Les bons numéros sont là. »

Parfois, des passants s'arrêtent pour lui prendre un petit dixième, plus par sympathie que par conviction. Quel que soit le numéro demandé, l'aveugle ne se trompe jamais. Il paraît même qu'un jour, le vent ayant dérangé l'ordre des billets, il a su les reclasser sans aucune aide.

Les enfants l'aiment bien aussi et, à la sortie des écoles, il y en a toujours une grappée autour de sa cabine pour écouter ses histoires et profiter des bonbons qu'il distribue généreusement. Il n'est d'ailleurs pas le dernier à s'en délecter et rien ne lui fait plus plaisir qu'un gâteau partagé, surtout s'il est tendu par une petite main.

Lola a donc exposé son plan au peintre. Léon a froncé le sourcil en apprenant que sa petite nièce avait tout raconté à sa copine. Puis il a fait remarquer que le père Tapiot ne quitterait probablement pas son éventaire, même pour un gâteau au chocolat. Des témoins n'affirment-ils pas que pendant la guerre, sous les bombardements, il refusait de descendre aux abris par conscience professionnelle.

— Barbara prendra sa place, elle lui en a déjà parlé.

— Mais quel motif lui donneras-tu pour le faire venir ? Un aveugle dans un atelier de peintre, il va croire qu'on se moque de lui...

— Tu te trompes, Léon, certains aveugles sont sensibles aux couleurs. D'ailleurs, c'est comme ça qu'il reconnaît ses billets. Il nous

l'a dit. Et puis tu lui raconteras tes tableaux.
Et tu sais quoi, je lui ait dit que c'était mon
« amiversaire »...

— Anniversaire, Lola... Pourquoi fais-tu
exprès de déformer les mots ?

— C'est pas un mot déformé. C'est un
mot-valise. Ami-versaire, ça veut dire une
fête avec ceux qu'on aime bien ! réplique la
petite fille d'un ton supérieur.

Léon avoue son ignorance. Il ne connais-
sait pas les mots-valises mais il comprend
maintenant le sens de « amygales » pour
« amygdales ». Pourtant, il n'est pas très
convaincu par l'efficacité de cette « expérience ». Même quand sa petite nièce lui
affirme qu'il faut vérifier si « l'invasion » se
transmet par le regard.

Mais comme il aime bien le vieil aveugle, il
l'accueille chaleureusement et lui fait visiter
l'atelier. Il lui « montre » ses toiles en tentant
d'en donner une description la plus fidèle
possible. Certaines réflexions de l'aveugle le
surprennent par leur justesse. Celui-ci res-
sent sans les voir la gaieté, la beauté ou la
légèreté d'un tableau. Il est plutôt porté vers
les orangés, les roux et les carmins.

Un moment, il s'arrête au milieu de la
pièce pour remarquer :

— Votre chat est là. Il s'appelle Belzébuth, mais il a perdu son esprit batailleur
depuis que vous l'avez fait opérer. C'est bien
ça ?

Lola fait un clin d'œil à Léon pour lui
signifier que c'est elle qui a renseigné le vieil
homme. Mais comment a-t-il fait pour déce-
ler la présence du chat enfoncé dans son amas
de coussins, à l'autre bout de l'atelier ?

Le peintre n'a pas fini de s'étonner. Se
plantant devant le tableau en cours, le père
Tapiot dit :

— Vous avez commencé cette toile par
trois taches rouges circulaires, comme trois
soleils avant l'orage et maintenant c'est la
colère et la peur que vous essayez de
peindre...

Il frôle de la main un coin de la toile et
ajoute :

— ... Pourtant, il y a cette eau qui essaie
de s'échapper...

— C'est une cascade ! confirme Léon,
subjugué.

— Oui... une cascade ! marmonne le vieil
homme, mais elle est bien rouge votre cascade...

Léon se tait. Ce spectateur de la nuit vient
de mettre le doigt sur ce qui tourmente le

peintre depuis des semaines et le fait tâtonner sur cette cascade qu'il voudrait fraîche et légère comme une aube de printemps.

Son silence gêné est rompu par Lola qui paraît, portant triomphalement le gâteau au chocolat. Les moustaches du vieux frémissent comme celles d'un chat sur la piste d'une proie.

— Quelle gentille nièce vous avez là... monsieur Camet! dit-il en se dirigeant sans hésiter vers le plateau transformé en table à goûter.

Lola en rougit d'orgueil.

Pendant que le bonhomme entame la pâtisserie avec gourmandise, la petite fille essaie de surprendre dans le comportement de son oncle les signes annonciateurs des troubles. Apparemment, il est très calme, tout juste un peu préoccupé par ce que le vieux vient de lui dire à propos de sa toile.

Belzébuth, attiré par les échos du festin, s'est rapproché de la table. Il ne laisse rien perdre des miettes qui s'en échappent. Et même, il n'hésite pas à flatter Lola qui lui tend un doigt enchocolaté à lécher. Sans doute, a-t-il oublié les bigoudis et le ruban...

Entre deux bouchées, le vendeur de billets fait une petite pause pour dire :

— Je ne sais pas s'il est bon d'opérer un chat... Il paraît que, parfois, ça leur fait perdre la tête...

Lola est sur le point de lui faire remarquer que ce n'est pas la tête que Belzébuth a perdue mais elle se retient. Si Léon et Juliette sont très libéraux quant à son éducation, il n'en est peut-être pas de même pour le

père Tapiot. Inutile donc de le choquer.

D'ailleurs, Belzébuth a sauté sur les genoux du vieux et, très à l'aise, il s'y étale de tout son long. Léon veut l'en chasser.

— Laissez, laissez, dit le bonhomme en souriant. J'adore les chats. Eux qui voient la nuit sont un peu nos cousins. Ils savent, comme nous, lire ce qui est au-delà du visible...

Lola fait une moue qui signifie : « Y en a dans cette tête !... » Elle essaie de retrouver un mot pour qualifier la réflexion du vieil aveugle mais elle s'embrouille dans les syllabes de « phi-lo-so-phie » et renonce.

Avant le départ de son hôte, Léon recouvre le tableau en cours, se justifiant auprès de sa petite nièce par cette phrase teintée d'amertume :

— Je ne suis pas prêt pour cette toile. J'attendrai...

Puis il précipite la séparation car il a rendez-vous chez Émily et comme de son côté la petite fille doit retrouver ses parents pour une sortie au cinéma, ils se quittent sans faire de commentaire sur « l'expérience ».

Elle raccompagne le vendeur de billets à sa guérite. Il ne tarit pas de compliments sur le gâteau. Lola en a apporté une part à Barbara.

Après avoir embrassé le vieux bonhomme, les deux filles regagnent la rue de Lola. Barbara écoute sa copine lui raconter le goûter. Soudain, elle s'élance et accomplit coup sur coup trois « grands écarts ».

— Excuse-moi, dit-elle, mes jambes étaient ankylosées. Je me demande comment fait M. Tapiot pour rester assis toute une journée sans bouger.

Puis son visage retrouve l'expression maladive qui lui est familière et elle murmure :

— Peut-être que ce sera plus long avec un aveugle...

Il est près de onze heures du soir, quand les Cordier reviennent du cinéma où ils ont emmené leur fille voir *Jonathan, le goéland*. Lola aurait préféré *L'exorciste* (*) mais ce n'est pas pour les petites filles, a dit son père. *Dommage*, a pensé Lola, *peut-être que dans* L'exorciste *j'aurais trouvé une explication au mal de mon oncle*. En plus, elle s'est ennuyée avec cette histoire d'oiseau où il n'y a même pas un coup de feu.

Elle le dit à Gérard, ce qui le met de méchante humeur.

(*) Film d'épouvante de William Friedkin (1974) d'après le roman de William Peter Blatty.

Juste au moment où ils rentrent, le téléphone sonne. Gérard décroche et ce qu'il entend redouble son énervement :

— Écoute, Juliette, vocifère-t-il, cette fois, ton frère dépasse les bornes. C'est Émily qui nous appelle pour nous dire que Léon vient de casser tous les lampadaires de sa rue à coups de lance-pierres. Qu'il s'est enfermé dans le noir et qu'il menace de descendre toutes les vitres des fenêtres allumées de l'immeuble d'en face. Cette fois, c'est Police-Secours et l'hôpital directo !

— NON ! hurle Lola. Papa, ne fais pas ça... Tonton Léon n'est pas fou, je te le jure sur ta tête... Prends ta moto, emmène-moi, je connais quelqu'un qui peut nous aider...

La petite fille a une voix si assurée que Gérard hésite.

La mère de Lola, dont les joues rondes ont pâli, gémit :

— Gérard, je t'en prie, fais ce que dit la petite... Elle connaît mieux Léon que nous. Elle a sûrement raison...

Quelques minutes plus tard, Lola et Gérard sortent le père Tapiot de son lit pour l'emmener à vive allure à l'appartement d'Émily. Le vieil aveugle, malgré son grand âge et ses rhumatismes, ne s'est pas fait prier, comme s'il savait déjà...

Émily les attend, au bord de la crise de nerfs. Les voisins ont menacé de prévenir la force publique. Elle a réussi à les en dissuader, leur promettant de tout arranger dès le lendemain avec la mairie du quartier. Mais elle n'a pu arracher le lance-pierres à Léon qui refuse de la voir.

Gérard et Lola restent dans l'entrée plongée dans le noir.

— Il ne veut même pas une lampe de poche ! se lamente la jeune femme.

Le père Tapiot, lui, s'avance dans l'obscurité avec une sûreté étonnante. Puis, on l'entend dire :

— Voyons, monsieur Camet, ce n'est pas en vous privant du jour que vous trouverez la lumière. Je n'aurais pas dû critiquer votre tableau, cet après-midi, mais il ne faut pas m'en vouloir...

Puis sa voix se perd dans l'appartement et on n'entend plus rien.

Émily pleure par à-coups, sans bruit. La petite fille passe ses bras autour de son cou et lui dit :

— Il n'y a pas que le regard... Barbara avait raison...

— Pourtant, tout avait bien commencé,
fait Émily sans avoir écouté Lola... je lui
avais fait un soufflé au saumon, on a parlé de
notre avenir... et puis, d'un seul coup, il a eu
comme une panne... C'est ça, une panne. Il
est sorti comme une furie, il a volé le lance-
pierres d'un petit voisin qui chasse les rats. Il
l'a giflé en lui criant qu'on ne chasse pas les

rats à dix heures du soir et il s'est élancé dans la rue et là...

Tout à coup, la lumière revient dans la pièce du fond. Dans l'encadrement de la porte, Léon paraît, appuyé sur l'épaule du vieil aveugle. Ses yeux sont rougis comme s'il avait pleuré. Émily se précipite dans ses bras. Gérard s'exclame :

— Bon, Léon, dès demain, tu te remets au jogging... Il faut secouer ta carcasse, mon vieux, c'est ça qui ne va pas...

Lola prend la main de M. Tapiot et y dépose un baiser en aile de papillon. Ça fait sourire le vieil homme qui murmure :

— Ne me remercie pas, petite Lola, ton oncle m'a fait beaucoup de bien, lui aussi... On a chacun notre nuit à traverser, ma chérie, et ce n'est pas toujours facile...

La petite fille acquiesce sans bien comprendre ce que lui raconte le vieil aveugle et elle pense qu'*en attendant, y a plus de doute, Léon est ensorcelé... Mais par qui ?*

9

— « Possession : forme de délire dans lequel le malade se croit habité par un démon... »

Barbara a lu la définition à haute voix, provoquant l'agacement de lecteurs plongés dans leurs livres. Elles sont à la bibliothèque municipale depuis plus d'une heure et elles essaient de comprendre ce que contient le gros ouvrage qu'elles feuillettent dont le titre les a déjà laissées perplexes : *Sciences occultes*. Elles ont demandé à Mme Bichon, la bibliothécaire, un livre sur les sorciers et la sorcellerie. C'est pour une recherche, ont-elles dit, on étudie les contes en classe. Mme Bichon a remonté ses lunettes sur son long nez et leur a conseillé une série de titres comme « La sorcière a perdu ses affaires », « La sorcière au village », « La sorcière de Kerguelen », « La sorcière Ozépine », « Les sorcières sont NRV » et même « La sorcière de la rue Mouffetard ». On connaît ! on connaît ! ont répondu à chaque fois les deux filles. Puis, elles ont précisé qu'elles ne cherchaient pas des histoires de sorcières mais un livre qui explique la sorcellerie.

— Ah ! ah ! a fait Mme Bichon, c'est donc un ouvrage spécialisé qu'il vous faut. Mais je crains que ce ne soit un peu difficile pour vous... Enfin, essayez tout de même celui-ci...

C'est ainsi que les deux copines se sont retrouvées plongées dans un énorme bouquin, aux pages jaunies, écrit en tout petits caractères et orné de gravures étranges.

Mais elles ne se sont pas laissé décourager pour autant. Il faut aider Léon qui, après son aventure de la veille, a décidé de garder le lit quelques jours.

Ce matin, avant d'aller à l'école, Lola est passée le voir. Il était aussi pâle que ses draps. Il lui a tout raconté sur « l'invasion » de l'aveugle.

— J'ai eu d'un seul coup l'impression que

la nuit me tombait sur le cœur. C'est comme si j'avais plongé au fond d'un lac et qu'en m'éloignant de la surface les ténèbres grandissaient. En même temps, des explosions d'images m'ont traversé la tête. J'ai vu des petits garçons en robe et chapeau rond, des fiacres et des dames à crinolines, des guinguettes au bord de l'eau et des hommes en canotier puis, sans transition, des foules d'ouvriers en colère défilant dans les rues et des policiers à cheval qui leur tiraient dessus, des crieurs de journaux annonçant la mort de Jaurès. J'ai vu des affiches tricolores appelant à la mobilisation générale, des trains bondés de soldats qui partaient en chantant, des femmes et des enfants en larmes sur les quais. J'ai vu des champs labourés par les obus où s'abattaient en hurlant les mêmes jeunes hommes qui chantaient dans les trains... et puis, d'un seul coup, tout est entré dans la nuit. Les images ont disparu. Une voix les a remplacées, une voix douce, répétitive et qui disait : « Mon pauvre petit... mon pauvre petit... » Et une grande chaleur m'a pénétré, en même temps qu'un courant d'air glacé... C'était un curieux mélange... Après, peu à peu, en même temps que les sons, les odeurs ont pris de plus en plus de place dans mon corps, puis des couleurs sont revenues, des couleurs sans formes et des mots, beaucoup de mots...

Léon a repris son souffle. Lola a demandé :

— Mais... tu étais vraiment devenu aveugle ?...

— Non... c'est l'autre au-dedans de moi qui l'était... Le père Tapiot, ça ne fait pas de doute. Il me l'a confirmé. Pourtant, ce que je ne pouvais plus supporter, c'était la lumière, le monde visible de l'extérieur. Voilà pourquoi j'ai eu cette crise...

— C'était donc bien M. Tapiot...

— Oui, c'était lui. Il a perdu la vue pendant la guerre de 14-18. Toutes les images d'avant, ce sont ses souvenirs de « voyant ». Il les repasse dans sa tête comme un film qu'on ne veut pas oublier, un film avec le joli et le tendre, le violent et le tragique. La vie, quoi...

Lola n'avait jamais vu son oncle aussi grave.

Elle l'a quitté en le faisant quand même sourire parce qu'elle lui a dit :

— Tu sais quoi, la vie c'est comme ta palette de peintre... Faut savoir mélanger les couleurs...

Maintenant, elle s'acharne avec Barbara sur ce livre monumental, pour trouver LA solution. La rouquine lui montre un article qui parle de sorts.

« Les sorcières et sorciers, tous ceux qui ont, volontairement ou non, le « mauvais œil », peuvent ensorceler ceux qu'ils approchent, c'est-à-dire les livrer aux forces démoniaques. »

Lola hausse les épaules :

— J'y crois pas, moi, aux démons et aux diables. Ma mère dit que c'est que des mensonges pour faire peur aux gens simples...

Barbara lui rétorque :

— Alors, ça sert à rien de chercher...

— Si, si !... J'y crois pas mais ça veut pas dire que ça existe pas...

La rouquine pousse une exclamation étouffée. Elle pointe du doigt les lignes suivantes : « Il faut se méfier des jeteurs de sorts, ceux qui ont le " regard bizarre ", les roux, les bossus, les moines et tous les étrangers. »

— Les roux ! fait Lola, mais alors, c'est peut-être toi, la sorcière !

Barbara pince sa copine. La petite sursaute violemment. Mme Bichon fronce les sourcils.

— Tu vois bien que c'est des bêtises, reprend Lola à voix basse...

Découragées, les deux filles s'apprêtent à refermer le livre, quand elles s'arrêtent sur un passage qui attire leur attention.

« Pour lutter contre un envoûtement, on peut par exemple frapper avec des baguettes de sureau les habits de la personne envoûtée. Ainsi, c'est comme si on battait le sorcier pour se venger de lui... »

— Oui, dit Lola, on peut aussi lui faire boire un philtre magique à base de poudre d'araignées séchées et de bave de crapaud. Je crois que Léon préférerait un bon Coca...

Barbara ne l'écoute plus. Elle vient d'avoir une idée. Elle cherche la table des matières. Revient en arrière et montre à sa copine une gravure représentant un chat grimpé sur un toit et miaulant à la lune. Puis elle lit :

« Les chats ont des dons de clairvoyance, d'adresse et d'ingéniosité ; souvent le chat noir est dans beaucoup de pays tenu pour maléfique. Mais quelle que soit leur couleur, les chats possèdent des dons hors du commun... »

Les deux filles se regardent sans mot dire. Elles referment le livre en tremblant un peu, comme si une révélation soudaine venait de les atteindre. Puis, toujours silencieuses, elles rapportent le livre à Mme Bichon, ne répondent pas à la question que leur pose la brave bibliothécaire et se retrouvent dehors. À cet instant seulement, elles reprennent leur respiration et lancent un cri de victoire qui fait se retourner les passants. Barbara rajoute un saut périlleux arrière qui laisse pantois un monsieur en costume et attaché-case. Puis, Lola, la première, coupe court à leur excitation en disant :

— Mais pourquoi Belzébuth aurait-il jeté un sort à mon oncle ? Il est gentil comme tout, ce gros matou et Léon adore son chat... encore, si c'était moi qu'il avait envoûtée, j'aurais compris, parce que je l'embête de temps en temps...

— Ça, ma vieille, lui répond froidement la rouquine, comment peut-on savoir ce qu'il se passe dans la tête d'un chat ?

— En tout cas, si c'est cha... euh... si c'est ça, il faut tout de suite prévenir Léon...

Elles démarrent au pas de course en direction de l'atelier. Lola stoppe net devant la loge de la concierge. Elle attrape sa copine par le bras et, après avoir fait claquer une super bulle de chewing-gum, elle dit d'un ton inquiet :

— Mais si c'est Belzébuth, comment on va faire pour lever le sort ? Ça parle pas, un chat !

La concierge, toujours aux aguets, sort la tête de la loge et grommelle :

— Pas de chewing-gum dans l'escalier, hein, mademoiselle Cordier !

Pour toute réponse, Lola extirpe la boule humide de sa bouche et l'écrase sur la vitre de la loge. Puis, fuyant les imprécations de la vieille grincheuse, les filles gravissent quatre à quatre les marches qui mènent à l'atelier.

Reprenant son souffle avant d'entrer, Lola, avec son rire de trompette, s'exclame :

— Et la concierge, tu trouves pas qu'elle a une tête de sorcière ?

Elles poussent la porte en coup de vent, surprenant Émily et Léon enlacés. Ils se séparent aussitôt, très gênés. Moins que les deux intruses qui amorcent une marche arrière accompagnée de bredouillements d'excuses.

Mais le peintre les rappelle en riant :

— Entrez donc, mesdemoiselles, on ne vous avait pas entendues frapper...

Quelques minutes plus tard, installées devant un bon bol de chocolat fumant, Lola et Barbara exposent leur découverte.

Le couple les écoute attentivement. Mais on sent, dans leur regard, qu'ils ne croient pas du tout à cette histoire de chat sorcier. Pourtant, Léon, rendu prudent par la précédente scène de colère de Lola, prend un air très inspiré pour dire :

— Le chat est en effet un animal à part dans la nature. La religion égyptienne le considérait à l'égal d'un Dieu, en l'associant, paraît-il, au soleil et à la lune. J'ai entendu dire aussi que Mahomet, pour le récompenser, lui a passé trois fois la main sur le dos et qu'ainsi il retombe toujours sur ses pattes...

— Et puis, renchérit Émily, il y a une gravure célèbre qui représente des chats noirs sur les toits en train de participer à un sabbat de sorcières...

— Je l'ai vue, je l'ai vue... s'exclame Barbara... dans le gros livre sur les sciences oc... ac... euh... les sciences... du mystère, quoi !

C'est alors que Lola s'étonne de voir Léon debout, habillé, rasé presque de frais...

— Dis donc, tu m'avais pas dit que tu garderais le lit pendant plusieurs jours ?...

Le peintre se trouble un peu puis il fait l'aveu suivant :

— J'ai suivi les conseils d'Émily. Nous

prenons le train de nuit pour l'Italie... Oh ! le
week-end seulement... Je comptais te prévenir, tu sais. D'ailleurs, j'ai téléphoné à tes
parents...

La rouquine se hisse sur la pointe des pieds
et, mimant Pierrot et Colombine (*), elle
minaude d'une voix haut perchée :

— Venise... les gondoles... Le pont des
Soupirs...

Lola l'interrompt brusquement :

— Léon, tu sais quoi... tu n'es pas
sérieux... Est-ce que tu crois que c'est en
prenant le train que tu pourras fuir l'envoûtement ?... À Venise ou au bout du monde, il te
retrouvera, ce sorcier maléfique...

Émily et Léon baissent la tête comme deux
écoliers pris en faute. Devant leur mine
contrite, Lola ne peut s'empêcher de sourire
et elle adoucit le ton de sa voix pour ajouter :

— Bon ! après tout, vous êtes des grandes
personnes, vous savez ce que vous faites...

(*) Personnages de la commedia dell'arte (genre de
comédie dans laquelle seul le scénario étant réglé, les acteurs
improvisaient). Ils firent leur apparition à Paris, au XVIe siècle. Plus récemment, ils ont reparu à l'écran dans *Les enfants
du paradis* (Marcel Carné, 1945) sous les traits de Jean-Louis
Barrault et Maria Casares.

Quant à nous, on va travailler pour vous
pendant votre absence...

Le peintre regarde sa petite nièce d'un air
vaguement inquiet :

— Qu'est-ce que tu veux dire par là ?

— Eh bien oui, quoi !... Il faut exor-
ciser Belzébuth... si c'est lui qui t'a jeté un
sort.

Léon s'apprête à répliquer que, d'abord ce
n'est pas le sorcier qu'on exorcise, qu'ensuite
rien ne prouve que Belzébuth soit dans le
coup, mais Émily lui fait un signe. Puis elle
se tourne vers les filles et dit :

— Oui, les enfants, mais soyez prudentes,
un chat a plus d'un tour dans son sac à
malices... Et d'ailleurs, en ce moment, Belzébuth fait sa cure de liberté... sur les toits.

— Bien sûr, on a laissé un vasistas ouvert,
enchaîne Léon. Mais ça m'étonnerait qu'il
redescende avant deux ou trois jours. Il adore
les pigeons endormis, mon chat mignon !

Les deux filles se taisent mais si on pouvait
entendre Barbara penser, on serait bien surpris. Elle a levé la tête vers le vasistas
entrouvert, semblant jauger la pente du toit,
la solidité de la verrière. Lola a tout de suite
compris, car, avant de se retirer, elle
demande en embrassant son oncle :

— Et si je veux dessiner pendant ton absence ?...

— Pas de problème, les clés sont chez la concierge...

La fillette se trouble.

— Ben, justement, je voulais te dire pour la concierge... on a des petits problèmes toutes les deux, en ce moment...

Le peintre ne cherche pas à approfondir et donne un double de la clé à sa petite nièce, en lui recommandant de ne pas boire trop de Coca et de laisser les lieux propres.

En partant, les deux filles passent en trombe devant la loge et se retrouvent dans la rue avant que la vieille moustachue n'ait eu le temps d'ouvrir la bouche.

Barbara expose alors son projet :

— J'ai vu dans un film un sorcier africain qui, avec des bouts de cheveux, une photo et un nom, tout mélangé, arrivait à envoûter une personne. Peut-être que ça marche dans les deux sens.

— Oui mais, dit Lola, Belzébuth n'a pas de cheveux et ce n'est pas une personne.

— Il a des poils ! Et un chat, c'est plus qu'une personne puisque c'est un dieu, tu as bien entendu ce qu'a raconté ton oncle...

Lola devient songeuse :

— Tu sais quoi, Barbara, il manque quand même quelque chose dans ton plan...

— Quoi donc ?

— La formule magique... Les sorciers, ils prononcent une formule magique... Tu sais bien, avec Mlle Clara on en a relevé quelques-unes : « Abracadabra », « Suzanne ouvre-

toi », « Picoti-picota », « Tire la bobi-
nette »...

La rouquine réplique :

— On n'aura qu'à retourner à la bibliothèque. Dans le gros livre, il y avait toute une
liste de formules magiques. On les essaiera
toutes, il y en a bien une qui marchera...

Ce soir-là, Gérard et Juliette ne purent rien
tirer de leur fille. Elle était tellement absor-
bée par ses pensées que même la télé qui
retransmettait *La charge héroïque* (★) la laissa
indifférente. Et pourtant, ce ne sont pas les
coups de feu qui manquent dans ce film !

(★) Film de John Ford, 1949.

10

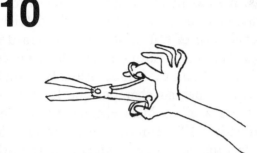

Barbara est grande mais légère. Heureusement, sinon la verrière aurait peut-être cédé sous son poids. C'est ce que se dit Lola en voyant sa copine jouer à la funambule sur les barres métalliques séparant les vitres obliques qui donnent sur le ciel. Chance supplémentaire, il ne pleut pas. Avec ses chaussons de danse, la rouquine n'aurait pas tenu une seconde sur la pente mouillée. N'empêche ! Lola n'est pas très fière, grimpée sur l'escabeau, la tête sortant de la lucarne d'où elle assiste aux évolutions périlleuses de la rouquine. Mais il n'y avait rien d'autre à faire. Plusieurs fois, elles ont appelé Belzébuth. Ce dernier, trop occupé à guigner les pigeons

dodus, n'a pas même daigné tourner la tête.
On aperçoit sa queue dépasser de derrière
une cheminée et nul doute qu'il restera des
heures dans cette position, tant la patience
des chats à l'affût est infinie. Alors Barbara a
eu l'idée d'aller au chat puisque le chat ne
venait pas à elles. Mais elle n'y va pas les
mains vides. Elle emporte une bouchée de
chocolat fondant pour laquelle Belzébuth
n'hésiterait pas à se jeter à l'eau. Quand on
connaît la répulsion des chats pour l'eau !...
Passée à sa ceinture, elle a attaché une paire
de ciseaux dont elle usera tout à l'heure, dans
quelques minutes, quand elle aura traversé la
partie dangereuse de son parcours d'équili-
briste : les cinq mètres cinquante de la
verrière. En effet, même légère, la rouquine
ne veut pas prendre le risque de poser le pied
sur les vitres et doit donc suivre les traverses
métalliques qui constituent le support de
la verrière. Pas à pas, elle progresse, un
pied devant l'autre, les bras en balancier et
Lola, malgré l'inquiétude qui lui serre la
gorge, ne peut s'empêcher d'admirer
l'adresse de sa copine, son sang-froid, sa
détermination.

En dessous, il y a tout de même cinq étages
de vide, un à-pic impressionnant qui s'ouvre

sur la gueule obscure de la petite cour pavée de l'immeuble.

Barbara a déjà parcouru plus de la moitié du chemin. Le cœur de la petite spectatrice se calme peu à peu. Encore un mètre, et la rouquine atteindra le revêtement en zinc et la cheminée. Soudain, Lola la voit battre l'air de ses bras, hésiter, s'arrêter et, in extremis, rétablir son équilibre.

— Qu'est-ce qu'il y a ? s'écrie la petite.

Barbara ne répond pas tout de suite. Elle s'est accroupie, s'appuyant des mains aux barres métalliques, la tête entre les genoux.

— Ça ne va pas ? s'inquiète de nouveau Lola.

— Si !... Mais il manque une traverse... Il va falloir que je saute pour passer de l'autre côté.

La petite fille s'aplatit sur son escabeau et jette un coup d'œil sous la verrière, à l'intérieur de l'atelier. En effet, elle se rend compte qu'à l'autre bout du toit en verre, deux vitres sont disjointes, reliées par un simple ruban de tissu goudronné. Il y a la largeur de deux vitres à franchir, peu de choses, mais Barbara doit enjamber cet endroit fragile... sinon...

— Ça ne fait rien, dit Lola en se relevant. Reviens ! On attendra le retour de Belzébuth.

Mais Barbara ne l'écoute pas. Elle se déplie tout entière, ses longues jambes frémissent comme des pattes d'échassier, elle se détend, elle est de l'autre côté, elle court sur la pointe des pieds, comme si elle survolait le toit et elle saisit le bord de la cheminée. Tout s'est passé très vite. Belzébuth a eu un moment de surprise qui a failli provoquer sa fuite. Puis il a reconnu Barbara, il a senti le chocolat à demi écrasé dans la main de la fille. Lola l'entend ronronner, elle entrevoit la silhouette de sa copine qui s'est glissée de l'autre côté de la cheminée, elle la voit défaire les ciseaux de sa ceinture. Quelques instants après, la funambule amorce le trajet inverse. Cette fois, elle n'hésite plus, elle touche à peine la verrière, elle atteint le vasistas, se coule par la lucarne. Lola la reçoit dans ses bras et elles basculent toutes deux sur le canapé. La rouquine est trempée de sueur, son visage est presque transparent, ses lèvres font un trait mince tant elles sont serrées.

Lola la ranime avec un Coca glacé. Barbara dépose sur une feuille blanche un petit tas de poils gris et noirs.

— Maintenant, dit-elle, on n'a plus qu'à accomplir le rite.

— En espérant que ça marchera... soupire Lola.

La rouquine s'exclame :

— C'est pas parce que tu n'y crois pas...

— Oui... excuse-moi, dit la petite.

Elle s'en veut d'avoir douté après tous les risques que vient de prendre sa copine. Aussi, pour se faire pardonner, elle prend toutes les initiatives de l'opération. N'ayant

pas de photo de Belzébuth, elle découpe dans
un carnet de croquis un portrait du chat fait
par Léon, quelques mois auparavant. Puis
elle écrit le nom de l'animal sur la feuille
contenant les poils. Elle replie enfin le tout et
le place dans un mortier en pierre dont se sert
le peintre pour fabriquer ses couleurs. Pendant ce temps, Barbara a ouvert un carnet sur
lequel s'allonge une liste impressionnante de
formules magiques. Lola met le feu à la
feuille de papier. Une flamme jaillit, vive
d'abord, puis noire et exhalant une forte
odeur de chair brûlée.

— C'est un chat qui sent le cochon !
remarque Lola.

Les deux filles marmonnent les formules à
toute vitesse. Lola doit rallumer le papier à
dessin trop épais, sur lequel le portrait du
chat se tord sous les flammes, prenant des
formes singulières, comme un reflet dans une
eau d'étang que l'on remue.

Quand tout a bien brûlé et que les formules sont enfin épuisées, les deux cama-
rades doivent se rendre à l'évidence. Une
fumée s'échappe encore du mortier — sans
doute les produits utilisés par le peintre — et
l'atmosphère de l'atelier en est tout empuan-
tie. On peut même voir des volutes de fumée

s'échapper vers le ciel, si lourdes qu'elles ont du mal à se désagréger dans l'air.

— Mais qu'est-ce qu'il met là-dedans ! s'exclame Lola en toussant.

— Même sa peinture n'est pas naturelle... essaie de plaisanter la rouquine en clignant des yeux sous la fumée.

Lola court chercher un broc d'eau qu'elle déverse sur le mortier. Ça fuse de tous côtés, avec des bruits de friteuse en folie.

La petite n'aime pas ça du tout. Les éclaboussures ont marqueté le plancher de vilaines taches huileuses et noirâtres. Et ce sacré mortier qui continue à fumer !

— C'est le chaudron du diable ! s'écrie Barbara. Je crois qu'on a vu juste. Le sorcier se débat, il essaie de nous empêcher d'accomplir l'exorcisme.

Lola veut bien croire sa copine mais elle pense à la tête de Léon quand il constatera les dégâts.

Soudain, la sirène des pompiers retentit. Les filles n'y prêtent pas attention. C'est souvent qu'on l'entend dans le quartier, la caserne étant à proximité. Mais elles commencent à s'étonner quand elles entendent la sirène s'arrêter au pied de l'immeuble, puis des pas lourds gravir l'escalier à toute allure et enfin, la porte d'entrée sauter bruyamment sous les coups de boutoir de deux hommes au casque de cuivre. La concierge suit de peu, écarlate. Les pompiers expédient une giclée d'extincteur sur le malheureux mortier, ajoutant aux taches qui font le désespoir de Lola un magma de mousse carbonique. La concierge manque s'étrangler :

— Mais... mais... mademoiselle Cordier, je ne savais pas que vous étiez là... et qui vous a donné la clé et pour faire quoi !

En venant, les deux filles avaient rampé devant la loge pour ne pas se faire remarquer.

Les pompiers, eux, esquissent un sourire devant les explications embarrassées des gamines. Bien entendu, elles se gardent de parler de la vraie raison de leur présence.

— Je voulais faire un mélange de couleurs... dit Lola. Il faut chauffer le mortier et voilà... je ne savais pas que...

Un des pompiers, le chef sans doute car il a de grandes moustaches, gronde la petite fille mais son regard semble amusé.

— Il est très dangereux de jouer avec le feu, les enfants. Sans votre concierge qui a l'œil à tout, vous seriez peut-être transformées en statues de cendres, à l'heure qu'il est...

Les filles se rendent compte qu'il prend un ton exagéré exprès, sans doute pour se moquer de la vieille grincheuse.

— En attendant, faudra me nettoyer ce gâchis, fait celle-ci. Sinon, je dirai tout à monsieur votre oncle.

Quelques instants plus tard, après avoir en vain utilisé deux kilos de lessive sans bouillir et un litre d'eau de Javel, elles renoncent à effacer les traces de leur maladresse. Au beau milieu du parquet, maintenant, il y a un grand cercle de bois blanchi, piqueté de points noirs et gris et de rayures.

C'est alors que Barbara s'exclame :

— Incroyable !

— Quoi ?

— Monte sur l'escabeau, Lola... Oui, comme ça... tu vois à quoi ressemble cette tache ?

— Mais... on dirait une tête de...

— ... Une tête de chat !...

C'est le moment que choisit Belzébuth pour surgir du vasistas. Il se désintéresse des filles, s'installe sur ses coussins et entreprend une toilette méticuleuse. Des plumes de pigeon sont encore accrochées à ses pattes.

Mais le félidé semble surtout préoccupé par le bout de sa queue où manque un paquet de poils. Et, visiblement, il ne semble pas apprécier d'avoir une queue... chauve.

11

Lola a retrouvé avec un sentiment mêlé de joie et de crainte son oncle peintre. Comment allait-il réagir après les dégâts commis dans l'atelier ? Léon n'a rien dit. Il a écouté tranquillement les explications de sa petite nièce. Il a souri, en caressant le chat et sa queue « raccourcie ». Certes, la tache sur le plancher l'a un peu contrarié mais il était si heureux de son voyage qu'il ne s'est pas fâché. À son tour, il a raconté Venise, il a montré des photos, des livres.

— Tu vois, dit-il à Lola assise sur ses genoux, j'ai compris ce qu'était la lumière avec les tableaux de Giorgione (*). Il faut savoir la moduler dans l'espace, lui donner du relief, la faire vibrer comme une matière vivante...

— ... et ton « mal » ? l'interrompt la petite fille.

— Je n'ai pas eu le temps d'y penser. J'étais avec Bellini, le Tintoret, Véronèse (**)...

— Je croyais que tu étais parti seul avec Émily ?

Léon rit.

— Ce sont des peintres, ma chérie... C'est eux qui m'ont habité pendant ces deux jours. Il n'y avait plus de place pour un intrus.

Lola tire un grand coup sur son chewing-gum et d'un ton malicieux murmure :

— Surtout après notre exorcisme... Tu sais quoi, Léon, c'est nous qui t'avons guéri et tu veux pas nous croire... Pourtant, la tache en forme de chat on l'a pas inventée...

— Si, si ? ... je te crois, Lola... je te crois... Mais maintenant, il faut que je me remette au travail. J'ai pris beaucoup de retard et mon exposition est dans deux mois. Ah ! à propos j'oubliais... je t'ai rapporté un cadeau.

(*) Peintre italien de la fin du xve siècle.
(**) Peintres italiens du xvie siècle.

Il fouille dans ses bagages et donne à la petite fille une boîte enveloppée d'un joli papier fin.

— Qu'est-ce que c'est ? s'exclame Lola, les yeux brillants.

Elle ouvre la boîte et reste interdite.

— Un masque ?

— Oui, un masque vénitien. Il est beau, n'est-ce pas ?

La petite fille hésite :

— Euh... oui... il est très beau, merci Léon.

Elle plaque deux bisous mouillés sur les joues du peintre, mais sans conviction.

— Tu ne veux pas le mettre ? interroge Léon qui sent bien que son cadeau n'obtient pas le succès espéré.

— Pas maintenant... Je suis en Zazie, et pour un masque pareil, il faut du joli, ma robe alicienne, par exemple...

Le peintre n'insiste pas. Mais il aimerait bien comprendre les réticences de sa petite nièce.

Sans doute pour donner à son cadeau une plus grande portée, il explique que le masque est une façon d'être un autre, de se glisser dans la peau de personnages imaginaires, de

vivre ainsi, le temps d'une comédie ou d'un drame, une vie différente. Il lui parle même de la commedia dell'arte, d'Arlequin, de Pierrot, de Colombine. Il décrit les ridicules du capitaine Spaventa qui veut assommer tout le monde et se laisse battre sans rien dire, du vieil avare Pantalon au caractère grognon, qui rêve de se faire aimer de toutes les jeunes filles et de Polichinelle, grossier, bagarreur et paresseux.

La petite fille l'écoute attentivement. Elle frôle du doigt les dentelles noires du masque, les fentes courbes des yeux vides soulignées d'un joli violet pailleté d'or.

— Celui-ci, dit le peintre, est un masque de fête. Il était porté par les belles dames au temps de la splendeur de Venise quand on y donnait encore des bals et des carnavals. Aujourd'hui, on a gardé le carnaval mais c'est pour les touristes...

Devant le silence prolongé de sa petite nièce, il ajoute sur un ton plus sec :

— C'est un vrai travail de « mascarai », tu sais... Il a été fabriqué à Venise même...

Lola comprend que le peintre n'apprécie guère sa réaction plutôt tiède. Elle lui adresse un large sourire :

— Mais je suis très, très contente, Léon. C'est un superbe cadeau. Pourtant, je voudrais te poser une question...

— Je t'écoute...

— Personne ne l'a porté, celui-là ?

— Puisque je te dis que je l'ai acheté chez un artisan.

— Tu comprends... si l'on met un masque

qui a déjà été porté, peut-être qu'il y reste un peu de l'autre... et qu'on risque...

Le peintre comprend alors les craintes de la petite. Il se demande si avec tout ce qui lui est arrivé, elle n'est pas en train, elle aussi, de se laisser gagner par la contagion. C'est donc sur un ton parfaitement serein qu'il lui dit :

— Écoute, ma Lola. On dit qu'à l'origine des masques, il y avait le diable. Certaines religions refusent même qu'on représente l'image de l'homme pour ne pas offenser leur dieu, mais tout ceci n'est que supposition, imagination, légende... Il ne faut jamais confondre l'imaginaire et la réalité, sinon on risque la folie. C'est ce qui a failli m'arriver. J'en suis certain maintenant. Ta maman avait raison. J'ai trop travaillé pour cette exposition. J'ai eu une petite déprime passagère. Voilà tout... Mais si tu ne veux pas du masque, laisse-le à l'atelier.

— Si ! je le prends ! s'exclame Lola. Maman m'a toujours dit qu'il ne fallait jamais refuser un cadeau. Bon, je me sauve... Barbara m'attend pour une partie de patins à roulettes.

— Alors, n'emporte pas le masque maintenant... il va te gêner...

Lola réfléchit un court instant :

— T'as raison. Je risquerai de l'abîmer. Mais je l'adore ton masque, je l'adore...

Et elle sort.

Le peintre reste un long moment pensif, manipulant délicatement le masque à dentelles qu'il repose enfin dans sa boîte. Belzébuth, intrigué par ce nouvel objet, est venu le flairer avec précaution.

— Alors sorcier, dit Léon, qu'est-ce que tu penses de ça ? Un masque a-t-il une âme ?

Le chat lui tourne le dos et, prenant son air le plus dédaigneux, retourne à ses coussins.

Bon, pense le peintre, *si ce chat est un sorcier, il cache bien son jeu. En attendant, j'ai encore trois toiles à faire d'ici deux mois. Et je n'ai pas de baguette magique pour remplacer mon pinceau...*

Pendant ce temps, Lola a retrouvé sa grande copine sur le trottoir de l'avenue. La rouquine veut expérimenter un nouveau parcours qui comporte trois obstacles de taille : une rangée de poubelles, un banc et une tranchée de travaux.

Pas question pour la petite de franchir ces obstacles, elle se contentera de suivre sa copine de loin et de chronométrer ses différents essais.

Avant de commencer l'épreuve, elle fait le

compte rendu de ce que lui a dit Léon.
Barbara remarque avec une moue désa-
busée :

— Les adultes, c'est toujours pareil, dès
qu'on leur propose une explication valable,
ils parlent de « la merveilleuse imagination
de l'âme enfantine ». J'ai entendu ça à la télé,
y a pas longtemps. J'aurais pourtant cru
qu'un peintre... Bon, on verra plus tard... Il
faut que je reconnaisse le parcours avant la
sortie des bureaux. Après il y aura trop de
monde. Tu prépares ta montre ?

Déjà, la grande rouquine s'élance sur le
pavé, balançant ses bras comme des ailes et
des étincelles jaillissent de ses patins.

Lola, assise sur un banc, la regarde disparaître au fond de l'avenue, avec de temps à
autre un saut qui la fait monter vers le ciel.
Un jour, pense la petite fille, *elle ira si haut
qu'elle ne redescendra plus*.

Elle redescend pourtant et bat trois fois
son record.

— Je suis sûre que je peux encore l'amé-
liorer, dit-elle à Lola en reprenant son souffle. Pendant le dernier essai, j'ai été distraite
par le passage d'une ambulance. Tiens, au
fait, elle a tourné dans la rue de ton oncle...

Lola a pâli.

— Qu'est-ce que tu dis ?

Barbara veut rattraper la petite mais déjà, elle file à toutes jambes vers l'atelier.

Elle arrive hors d'haleine au pied de l'immeuble. Une foule de curieux s'est massée à l'entrée. Lola reconnaît la voix acide de la concierge :

— Je savais bien que ça finirait par arriver. Ce pauvre monsieur avait la tête trop fragile.

Lola bouscule les badauds, parvient au premier rang et s'arrête net, saisie par l'incroyable spectacle qui s'offre à ses yeux. Encadré par deux infirmiers, elle reconnaît difficilement Léon. Il est enveloppé d'une longue cape noire qui lui tombe jusqu'aux pieds, le masque vénitien lui couvre le visage et il se débat en crachant comme un chat en colère. La cape s'entrouvre, laissant apercevoir des revers satinés rouges.

En bref, il est déguisé comme pour un bal masqué mais ce qui frappe Lola, c'est qu'il a l'air de jouer deux personnages à la fois : une dame de la haute société et un félin qui pourrait bien être une panthère noire ou un chat sauvage.

La concierge continue à déblatérer :

— Ces artisses, c'est pas des gens bien normaux...

La petite fille crie le nom de son oncle. Il ne la voit même pas. Elle veut se précipiter vers lui. On l'en empêche. Quelqu'un la prend dans ses bras et l'emporte. C'est son père, prévenu par Barbara et qui vient juste d'arriver.

Assis tranquillement sur les marches de l'immeuble, Belzébuth se passe la patte derrière l'oreille, indifférent, semble-t-il, à tout ce remue-ménage.

12

Léon Camet est depuis huit jours à l'hôpital, au service psychiatrie. On lui a administré des calmants à fortes doses. Sa voix est cotonneuse. Tout autour de lui, le monde flotte dans une eau un peu trouble. Dans sa petite chambre, blanche avec le lit de fer et la table de nuit laqués en blanc, les rideaux blancs et les infirmières en blouse et bonnet immaculés, il a l'impression qu'on l'a privé de couleurs, comme on prive un enfant de dessert. Pour un peintre, c'est la plus dure des privations. Seule tache vivante dans cet univers aseptisé polaire, un bouquet de roses rouges dans un vase.

Aujourd'hui, enfin, il peut recevoir des

visites. Toute la matinée, Émily est venue lui
tenir compagnie. Ils ont parlé de Venise. Elle
a raconté les palais, les canaux, la lagune.
Elle lui a aussi conté des choses simples sur le
monde du dehors. Les arbres de l'avenue et
leurs concerts d'oiseaux, les embouteillages,
les engueulades des taxis, les premiers signes
annonciateurs de l'été. Elle lui a dit également qu'un client du père Tapiot avait gagné
dix mille francs à la loterie nationale et que le
brave marchand a couvert sa guérite d'affi-
chettes proclamant cette bonne nouvelle.
Léon a souri. Puis la jeune femme brune est
partie travailler. Juliette l'a remplacée. Elle a
bercé son frère, comme un bébé. Il s'est
laissé aller contre ce corps rondouillet, récon-
fortant. Ça lui a rappelé son enfance quand sa
sœur s'occupait de lui parce que sa mère était
accaparée par son métier. La vieille dame,
malgré son grand âge, est arrivée dès le
premier jour, quittant sa petite maison du
Midi pour accourir au chevet de son fils. Elle
n'est restée qu'une demi-heure avec lui. Trop
fatiguée à cause de ses bronches fragiles, on
l'a raccompagnée au train, après qu'elle eut
reçu l'assurance que Léon était sur la voie de
la guérison.

Enfin, à la sortie de l'école, le peintre a vu

arriver Lola et une subite émotion lui a serré la gorge. La petite fille avait passé une robe éclatante de couleurs, ce qui lui donnait l'allure d'un bouquet des champs. Elle était lumineuse.

D'abord, ils ne se sont rien dit. Elle s'est assise sur le rebord du lit et a pris la main du malade. Puis, elle a vérifié son pouls.

— Tu sais quoi, dit-elle d'une voix hésitante, ton cœur chante juste...

Et, sans transition, elle ajoute :

— J'avais raison de me méfier de ce masque. Tu ne voulais pas me croire...

— Oui, Lola, tu avais raison, et pour Belzébuth aussi. J'ai tout compris maintenant, ce sera long mais je m'en sortirai.

— Bien entendu, tu n'as rien dit aux toubibs.

— Oh ! pour les toubibs, c'est très simple. Je souffre d'un transfert de la personnalité de type schizoïde. En bref, j'ai des trous dans mon identité comme on a des trous de mémoire.

Lola, qui n'a pas tout compris, prend son air le plus sérieux pour affirmer :

— La science d'aujourd'hui est encore tâtonnante. C'est normal qu'elle se trompe de temps en temps. Moi, pour mes « amygales », ils n'ont rien voulu entendre. Pourtant, je suis sûre que j'avais une araignée dans la gorge. Alors, qui l'a porté ton masque ?

Léon n'attendait que cette question. Il se lance dans un récit heurté et ralenti par l'effet des calmants. Lola s'est appuyée contre lui, pour mieux l'écouter.

— Après ton départ, j'avais décidé de mettre les bouchées doubles pour rattraper mon retard. Cette exposition est très importante pour moi, tu comprends. Il y aura les meilleurs critiques du moment. Mais j'étais préoccupé par ta réaction envers le masque vénitien. Tout à coup, j'ai eu une idée. J'ai sorti de la malle les vêtements que j'avais conservés de mes grands-parents.

Lola se souvient d'avoir souvent fouillé dans cette grande malle, pour se déguiser.

— J'ai choisi une grande cape en velours noir doublé de satin rouge qui s'accordait tout à fait avec le masque et j'ai décidé de peindre ce personnage, en utilisant mon image renvoyée par le miroir. J'avais à peine commencé une esquisse que je me suis senti envahi par une femme étrange. Elle parlait avec un accent étranger. C'était une comtesse et son histoire serait trop longue à raconter.

Ce que j'ai retenu, c'est qu'elle faisait de longs séjours à Venise où elle avait connu son mari, un milliardaire volage qui l'avait abandonnée au cours d'un carnaval pour une jeune Colombine.

D'après ce que j'ai compris, elle revenait régulièrement dans cette ville en espérant y retrouver son mari. Elle a essayé le masque que j'ai acheté mais elle en a préféré un autre. Pourtant, cela a suffi pour qu'elle y laisse des traces de sa vie, de ses malheurs. Avec elle, j'ai erré dans les palais déserts, j'ai parlé aux pigeons de la place Saint-Marc, j'ai dansé avec des ombres et j'ai entendu des musiques d'opéra. Il s'est alors produit un phénomène nouveau que je n'avais encore jamais connu. Un autre personnage est venu s'installer en moi, en même temps que la comtesse. C'était mon chat Belzébuth.

Ça, je m'en doutais ! pense Lola.

— Un chat ne parle pas le langage des humains mais j'ai compris qu'il m'en voulait. Quand je l'ai recueilli, je l'ai fait opérer pour qu'il ne coure pas partout. Il ne pouvait donc plus avoir d'amoureuse. Et ça, il ne me le pardonnait pas. Je l'ai vu se pavaner au milieu d'une cour de chattes admiratives. Malheureusement, c'était un rêve qui éclatait comme tes bulles de chewing-gum car Belzébuth ne pouvait pas aimer ses prétendantes. Il y a des fois où on ne devrait pas toucher à la nature, Lola...

À l'hôpital, on m'a fait dormir des jours et des nuits mais les invasions ont continué malgré tout. Tu vois ces roses ? C'est Émily qui me les a apportées. Elles sont « entrées » en moi et se sont mises à bavarder. Elles se plaignaient qu'on les ait séparées de leur rosier. On aurait dit qu'elles pleuraient une blessure. Plus tard, on me mit la télévision, sans doute pour me distraire, et des centaines d'images faisaient irruption dans mon corps. Il y a eu des enfants affamés pour qui je demandais des repas supplémentaires jusqu'à l'indigestion, j'ai raté un but contre l'Allemagne, j'ai dirigé l'orchestre symphonique de Londres, j'ai été reporter à Beyrouth, j'ai joué à des jeux débiles pour gagner un réfrigérateur ou une machine à laver, on a annoncé ma mort et fait l'éloge de ma carrière d'acteur généreux et talentueux, j'ai bafouillé en présentant le journal télévisé et même *La planète des singes* (*) n'a plus de secrets pour moi.

(*) Roman de Pierre Boulle (1963), porté à l'écran par Franklin J. Schaffrer en 1967.

J'ai alors demandé qu'on ne m'allume plus la télé. Et pour essayer de me vider de cette multitude de parasites, j'ai fixé les murs blancs et me suis répété mon nom, mon prénom, ma date de naissance, mon adresse, ma profession... Ça a marché pendant un court instant. C'est alors que le mur s'est introduit en moi. Du béton dur à m'en briser les côtes. Avec le mur, l'hôpital a suivi l'immeuble, le quartier. J'ai été envahi de nouveau mais cette fois, c'était une vraie cacophonie de klaxons, de cris, de bruits de pas, de coups de frein, de cliquètements de la machine à écrire, de grincements d'ascenseurs, de milliers de cœurs battants et de respirations, de claquements de mâchoires, de grincements de dents... C'était épouvantable...

On a doublé ma dose de calmants et j'ai enfin replongé dans le brouillard...

Léon reprend son souffle. Dans ses yeux brûlants, la petite fille voit passer toutes ces visions d'enfer. Elle caresse lentement ses joues râpeuses.

— Et maintenant ? dit-elle doucement.

— J'ai enfin trouvé une parade. J'ai demandé qu'on m'apporte quelques toiles. Je les ai rangées dans le cabinet de toilette et quand je sens que ça va me reprendre, je les sors, je me fixe sur elles, je ne les quitte plus. Je rentre dans mes toiles pour qu'on ne me rentre plus dedans. C'est difficile, mais ça marche.

Le peintre hésite un instant puis il ajoute :

— Pourtant, malgré tous ces troubles, j'ai la curieuse sensation que ces « invasions » m'ont enrichi. Je réussis enfin à rester moi-même et...

Il n'en dit pas plus. Il n'est pas encore très sûr de ce qui lui arrive. Il préfère attendre.

Une pensée atroce traverse Lola. Son oncle serait définitivement guéri si le chat sorcier disparaissait. Mais elle n'ose même pas en parler à Léon. Il tient trop à son compagnon à quatre pattes, malgré ses maléfices, pour s'en débarrasser. De plus, rien ne prouve que le chat supprimé ne rôderait pas encore, après sa mort. Ne dit-on pas qu'un chat a sept vies ?

Cependant, la petite fille entrevoit une lueur dans cette situation inextricable. Ce sont les toiles qui lui ont mis la puce à l'oreille et ce qu'a dit son oncle, maladroitement. Il faut qu'elle revoie Barbara. Qu'elle relise certaines choses sur les envoûtements.

— Quand sors-tu ? demande-t-elle à Léon.

— Normalement, après-demain. Les médecins sont persuadés que leur traitement est la cause de mon amélioration. Comme ils sont contents d'eux, ils ont accepté de me laisser quitter l'hôpital. Et puis, le directeur de la galerie de peinture qui accueillera mon expo les a convaincus que le meilleur moyen pour un peintre de guérir, c'est de peindre...

— Je crois qu'il a raison, acquiesce Lola.

Et elle pense : *À condition de peindre ce qu'il faut...*

Elle lui annonce la visite de Barbara et de Gérard pour la fin de l'après-midi et s'éclipse après un gros câlin.

ÉPILOGUE

Un mois plus tard, une foule nombreuse se presse au vernissage des œuvres de Léon Camet. C'est un franc succès. Les critiques parlent de révélation. Ils relèvent des influences :

— Il y a de l'Afrique là-dessous ! dit l'un.
— La lumière d'un Bellini, dit l'autre.
— Cette ombre est d'une intensité !
— Cette violence est très contemporaine !
— Regardez ces courbes félines !
— Ce désespoir et cette tendresse !
— Et ce sens de l'humain universel !
— Pourtant, tranche un éminent spécialiste, tout cela reste furieusement personnel !

Le public les écoute distraitement mais il

s'extasie devant la vigueur, l'originalité et l'art du coloriste.

Lola joue au guide. Elle fait sourire d'attendrissement en commentant avec une rare pertinence le contenu des tableaux. Émily et Juliette ont inventé un cocktail inédit baptisé pour la circonstance « Caméléon » car il change de couleur quand on le boit. Gérard fait le service d'ordre, filtrant les entrées pour éviter la bousculade. Barbara, portant un plateau de boissons en équilibre, circule entre les invités, en patins à roulettes. On la regarde sillonner la pièce à vive allure, frôlant les obstacles, stoppant net, virant sur elle-même, sans jamais renverser une goutte de liquide. Sa professeur de danse, une grande et belle dame à voilette, la suit des yeux avec fierté. M. Tapiot hume les toiles, pose des questions, fait des remarques qui tombent toujours juste. Les voisins du peintre assurent l'animation musicale par des envolées de saxo, de contrebasse ou de batterie dans la plus pure tradition du jazz.

Quant à Léon, radieux, il reçoit les poignées de main comme on reçoit des bonbons. Avec gourmandise. Mais sans orgueil mal placé. Pour la circonstance, il a revêtu un costume en flanelle dont le dessin écossais s'accorde avec une lavallière de bon goût. Il est très chic. Un de ses amis le lui ayant fait remarquer, il lui a répondu en souriant :

— Sais-tu comment on fait le désespoir du caméléon ?... En le posant sur du tissu écossais car il ne sait plus quelle couleur choisir pour se camoufler.

Son ami a beaucoup ri à cette boutade.

Parmi toutes les toiles exposées, l'une a particulièrement attiré l'attention des convives. Pour la bonne raison qu'elle est encore recouverte d'un voile qui la dissimule aux regards. Ce mystère a déjà fait beaucoup jaser depuis le début du vernissage. On a demandé à Léon s'il n'y avait pas une part de cabotinage dans cette attitude. Il n'a pas répondu, ce qui en a agacé certains. Enfin, lorsque le peintre a senti que la curiosité tournait au vinaigre, il a frappé dans ses mains, demandant le silence. Aussitôt, tous ont convergé vers le chevalet recouvert, au côté duquel s'étaient placées Barbara et Lola, chacune ayant choisi un coin du voile.

Léon n'a dit que deux phrases :

— Vous savez, mes chers amis, que je ne suis qu'un paysagiste dont le figuratisme procède davantage du surréel que de la fidélité narrative...

Les critiques prenaient des notes fébrilement.

— Eh bien! j'ai décidé de rompre avec cette spécialité pour me lancer dans le portrait. Voici!

Avec des gestes théâtraux, les deux filles ont soulevé lentement le voile. Un long moment de silence a suivi. La toile représente le peintre, avec un luxe de détails, une vérité de caractère qui en font sa réplique trait pour trait. Au point qu'on pourrait croire qu'il s'agit de son image reflétée par un miroir.

On sent dans l'assistance un certain flottement. À l'évidence, cette nouvelle manière du « maître » ne soulève pas l'enthousiasme. On entend même un critique particulièrement redouté murmurer :

— Ce n'est pas un portrait, c'est une carte postale !

Tout à coup, alors que les invités se détournent, gênés, un phénomène étrange se produit. On voit les contours du portrait s'animer puis se transformer. Une autre image apparaît, remplaçant la première comme dans les films en « fondu-enchaîné ». À la place du peintre, surgit la tête du critique, celui qui vient juste de faire sa remarque, la bouche encore entrouverte comme s'il finissait sa phrase. Les invités qui avaient repris leur conversation, se taisent. Le critique en question rougit. Il bredouille :

— Bah ! de vagues effets d'hologramme.

Puis, d'une voix plus assurée, il s'adresse à Léon pour une mise en garde :

— J'espère, mon cher Léon Camet, que vous ne vous lancez pas dans la peinture-gadget !

Le peintre le rassure et fait signe aux filles de recouvrir la toile, au moment précis où une nouvelle image apparaît. Elle montre trois taches rouges, comme des soleils couchants, ou peut-être trois cerises géantes à cause des traits qui les prolongent. Lola qui s'est penchée sur la toile, pouffe en voyant cette métamorphose. Elle entraîne Barbara à part et lui dit, riant encore à demi :

— Décidément, Belzébuth est un vieux farceur. Tu as vu ? Il est même capable de reproduire un tableau qui n'existe plus...

En effet, le fameux paysage qui tourmentait tant Léon, au cours de sa « maladie », a finalement été détruit.

Barbara est tout émoustillée au point que sa petite copine se demande si elle n'a pas abusé du cocktail maison. Mais elle comprend vite la joie de la rouquine quand celle-ci lui glisse à l'oreille :

— Je vais partir chez papa...

— Mais je croyais...

— Il a écrit de l'Inde où il vit depuis deux ans dans une communauté.

— C'est quoi, une communauté ?

— Un genre de village... Et tiens-toi bien, il veut que maman et moi on le rejoigne... Même qu'il a ajouté dans sa lettre : « À condition qu'on lui pardonne. » Tu parles, si on lui pardonne ! Maman, elle a déjà jeté tous ses médicaments pour dormir. Et tu sais quoi !... ajoute Barbara en parodiant Lola, il nous a quittées brusquement parce qu'il ne se sentait plus bien dans sa peau, parce qu'il avait besoin de se retrouver... Alors, voilà, maintenant qu'il s'est retrouvé, il veut nous retrouver aussi.

Lola se gratte la tête, en proie à une intense réflexion :

— Tu sais quoi... je crois que tous ces adultes, ils feraient bien de vérifier l'emballage avant d'y mettre n'importe quoi.

Devant l'air surpris de sa copine, elle précise :

— L'emballage, c'est le corps, si on veut... Et si je comprends bien, quand on n'est pas en accord avec son corps, ça sonne faux à l'intérieur.

La petite fille est si surprise par ce qu'elle vient de dire qu'elle s'exclame :

— Tu te rends compte ! J'ai des idées plus grandes que ma tête !

Barbara éclate de rire. Mais Lola fait la moue.

— Excuse-moi, je ne voulais pas te vexer...

— C'est pas ça, si tu t'en vas... j'aurai plus de meilleure copine.

— Je t'écrirai... et puis... là-bas, en Inde, il y a des fakirs, des yogis on les appelle... Et il paraît qu'ils sont capables de se transporter rien que par la pensée, à des milliers de kilomètres. Peut-être qu'un jour, je toquerai à ton crâne pour te dire : Hello ! c'est moi ! Puis-je entrer ?

Lola retrouve son petit sourire « dents de Lapin n° 2 ».

— Faudra pas oublier de toquer aussi à mon cœur..., soupire-t-elle. De toute façon, je suis sûre que tu deviendras cosmonaute. J'aurai plus qu'à regarder le ciel pour te voir passer dans ton étoile filante... Et tu sais quoi, je ferai une montagne de vœux.

Léon vient s'asseoir près des filles, un peu

fatigué par la soirée. Lola le gratifie de son sourire « dents de lapin n° 1 » et dit, non sans orgueil :

— Alors, monsieur le grand génie ! Qu'est-ce que tu penses de notre solution ?

— Elle était géniale ! répond Léon en détachant bien toutes les syllabes du mot.

— Oh ! c'était pas trop difficile, dit la rouquine. Il suffit de savoir lire. Tout était écrit dans le livre des Sciences Oc... ac... occa...

— ... des sciences oculistes ! rigole Lola, c'est les sciences pour voir clair...

Léon regarde les deux fillettes avec attendrissement. Grâce à elles, il est enfin débarrassé de son mal et a complètement retrouvé sa « peau ». Comment ? Tout simplement en appliquant la notion de « transfert » dont avaient parlé les médecins mais pas tout à fait dans le sens où ils l'entendaient. Le peintre a remplacé Camet Léon par son portrait et c'est ce portrait qui sert maintenant de support aux métamorphoses provoquées par le chat sorcier. Apparemment, Belzébuth est satisfait de cette situation. D'ailleurs, le gros chat a pris l'habitude de coucher près de la toile en question et, dans la fente étroite de

ses yeux verts, il y a parfois une lueur de
malice qui semble dire :

— Je ne suis pas dupe, mais c'est bien
comme ça...

La petite fille a décidé de ne plus le
taquiner. Un sorcier, il faut le respecter !

Elle « brode » à petits coups de dents
l'oreille droite de son oncle, puis, satisfaite
du dessin obtenu, elle dit :

— C'est bien le goût de ta peau... mais j'ai
l'impression qu'il ne faudra plus montrer ton
portrait... à personne. Les gens n'aiment pas
ce qu'ils ne comprennent pas et quand ils ne
comprennent pas, ils deviennent méchants.

Le peintre pose ses lèvres sur les cheveux
de sa petite nièce :

— Merci, ma Lola, pour tout ce que tu as
fait avec ta copine. Mais je voudrais te dire
que mon aventure m'a appris quelque chose
d'important. On ne peut pas exister sans les
autres. Et si ma peinture s'est transformée,
c'est grâce à eux. Bien sûr, ils m'ont parfois
un peu bousculé, mais est-ce que ce n'était
pas parce que je ne faisais pas attention à
eux... Être bien dans sa peau, c'est bien,
mais il ne faut pas y être tout seul. Finalement, sans le savoir, Belzébuth m'a peut-être
rendu un grand service. Maintenant, j'essaie-

rai d'avoir des yeux pour entendre ce que disent les autres...

Lola sourit devant ce drôle de français. Puis elle passe ses bras autour du cou du peintre, et le serrant fortement contre elle, lui murmure :

— Tu sais quoi, Léon... Je me demande si je ne vais pas changer de peau, moi aussi, de temps en temps... Lola, Alice, Zazie... j'ai déjà le choix...

« Aventure »

« Poésie »

« Nouvelles »

« Historique »

« Policier »

« Fantastique - SF »

ANNE BECHLER
L'année de
la Sauterelle

ROBERT BOUDET
Objectif Terre !
Livre d'or, 1991

CLAUDE CENAC
Les robestiques

MARIE DUFEUTREL
Le lutin d'appartement
Le télépiège

CHRISTIAN GRENIER
Futurs antérieurs
Le satellite venu d'ailleurs

JACQUELINE HELD
Piège sur Orlanda

MIREILLE MAAGDENBERG
La bête des hachélèmes

MIETTE MARSOL
Fifine et le fantôme

GERARD MONCOMBLE
L'heure du rat
Prix Lire au Collège, 1988
Les yeux d'Òo

PIERRE PELOT
Le pays des rivières
sans nom

EMILY RODDA
Cochon vole !

JEAN-LUC SAUCET
L'étrange voyage d'Augus-
tin, fils d'Oxymèle
Prix Octogones, 1991

FRANÇOIS SAUTEREAU
La petite planète

ROBERT BOUDET
Les mille vies
de Léon Camet

« Humour »

MAX DANN
Mon meilleur ennemi
Pour tout l'or du monde
Tabasse est amoureux

PHILIPPE DELERM
C'est bien !

BERNARD FRIOT
Histoires pressées
Nouvelles histoires pressées

THIERRY LEFEVRE
La terrible cuisine
de Benjamin

GERARD MONCOMBLE
Georges Bouton,
explomigrateur
L'héritage de Georges
Bouton

JEAN-LUC MOREAU
Mimi et le dragon

DEBRA OSWALD
L'incroyable Barry

« *Société* »

ACHEVÉ D'IMPRIMER SUR LES PRESSES DE L'IMPRIMERIE PUBLI-OFFSET

DÉPÔT LÉGAL : FÉVRIER 1992   N° 920151